삼총사

세계문학산책 06
삼총사

지은이 알렉상드르 뒤마
옮긴이 붉은여우
펴낸이 안용백
펴낸곳 (주)넥서스

초판 1쇄 인쇄 2013년 4월 20일
초판 1쇄 발행 2013년 4월 30일

출판신고 1992년 4월 3일 제311-2002-2호
121-840 서울시 마포구 서교동 394-2
Tel (02)330-5500 Fax (02)330-5555
ISBN 978-89-6790-123-3 04800

가격은 뒤표지에 있습니다.
잘못 만들어진 책은 구입처에서 바꾸어 드립니다.

www.nexusbook.com
지식의 숲은 (주)넥서스의 인문교양 브랜드입니다.

세계문학산책 06

알렉상드르 뒤마

삼총사

붉은여우 옮김 | 김욱동 해설

지식의숲

차 례

희망찬 출발

1625년 4월, 완연한 봄을 맞아 하얀 살구꽃이 한창인 프랑스 남부의 타르브 마을에서는 늠름하게 생긴 젊은 청년이 가족과 작별 인사를 나누고 있었다. 이제 갓 열여덟 살이 되는 젊은이는 푸른 조끼를 입고 허리에는 커다란 칼을 차고 있어 언뜻 보기에 용맹스러워 보였다. 아직 얼굴 곳곳에 소년티가 남아 있었지만, 깃털로 장식된 챙이 넓은 모자를 눌러쓰자 어느 용사 못지않게 훌륭한 모습이었다.

"아버지, 다녀오겠습니다."

다르타냥은 모자를 벗고 아버지에게 공손히 인사를 했다.

"그래, 넌 아직 젊고 패기가 넘치니 잘 해낼 수 있을 거야. 하지만 언제나 조심스럽게 행동하는 것을 잊지 말아라."

아버지는 주머니에서 편지 한 통을 꺼내 다르타냥에게 건넸다.

"다르타냥, 이걸 가져가거라. 이건 트레빌 총사대장에게 보내는 소개장이다. 나와는 어릴 적부터 친하게 지내던 사이니 너를 친자식처럼 잘 돌보아 줄 게다."

"예, 아버지. 잘 간직하도록 하겠습니다."

다르타냥은 힘이 넘치는 목소리로 우렁차게 대답했다.

"그래, 마지막으로 네게 세 가지만 이야기하도록 하마. 첫째는 네가 가스코뉴 출생이라는 것을 잊어서는 안 된다는 것이다. 절대로 비겁한 짓은 하지 말거라. 가스코뉴 출생은 설령 목에 칼이 들어올지언정 비겁한 행동은 하지 않는다. 둘째, 다른 사람과 약속한 것은 반드시 지켜야 한다. 약속은 신성한 것이다. 만일 그로 인해 네가 죽게 된다고 할지라도 다른 사람과의 약속을 저버리지 말거라. 마지막으로 아무에게나 굽실거리지 말거라. 네가 고개를 숙여야 할 사람은 국왕 폐하와 트레빌 총사대장뿐이다. 알겠느냐? 이 아비의 충고를 반드시 잊지 말거라."

"예, 반드시 명심하겠습니다."

"그래. 네가 타고 갈 말은 현관에 매어 놓았다. 어머니가 떠나기 전 네게 줄 것이 있다고 하니, 가기 전에 들러 보도록 해라."

다르타냥은 아버지에게 고개를 숙여 인사하고는 어머니의

방으로 향했다. 어머니는 다르타냥을 보자 눈물을 글썽이기 시작했다. 다르타냥은 이미 마을에서는 당할 자가 없을 만큼 훌륭한 무사로 성장했지만, 아직도 어머니의 눈에는 철부지 어린아이로만 보이기 때문이었다.

"얘야, 젊은 혈기를 믿고 함부로 칼싸움을 벌이지 말거라. 진정한 무사는 가볍게 칼을 쓰지 않는 법이다. 그리고 만약의 경우를 대비해 상처에 잘 듣는 약을 만드는 법을 알려 주마. 예전에 내가 집시들에게 배운 방법인데 깊은 상처에도 잘 듣는다고 하더구나."

어머니는 다르타냥의 곁에 다가와 약 만드는 방법을 가르쳐 주기 시작했다. 그러는 동안 어머니의 눈에 고여 있던 눈물이 뺨을 타고 흘러내렸다.

"어머니, 너무 걱정하지 마세요. 꼭 건강한 모습으로 좋은 소식을 가지고 돌아올게요."

다르타냥은 어머니를 꼭 안아 주었다.

"그래, 얘야. 꼭 몸조심해야 한다."

어머니는 울먹이는 목소리로 다르타냥에게 마지막 당부를 했다. 다르타냥은 늙으신 부모님을 남겨 두고 떠나야 한다는 사실이 가슴 아팠지만, 훌륭한 총사가 되겠다는 자신의 꿈을 포기할 수는 없었다.

"예, 어머니. 그럼 떠나겠습니다."

다르타냥은 어머니의 손등에 가볍게 입을 맞추고는 현관으로 나갔다. 현관에는 다르타냥의 아버지가 젊어서 전쟁터를 누빌 때 타고 다니던 말이 매여 있었다. 그 말은 품종이 좋은 훌륭한 말이었지만 이제는 너무 늙어서 볼품없었다. 다르타냥은 차라리 걸어가는 편이 낫겠다고 생각했지만, 자신을 위해 선뜻 말을 내준 아버지의 배려를 모른 척할 수가 없었다.

타르브 마을에서 파리까지는 굉장히 먼 여행길이었다. 다르타냥은 쉬지도 않고 걸음을 재촉했지만 며칠을 가도 파리는 보이지 않았다.

워낙 오랜 여행길이었기에 새로 맞춘 망토와 윗도리는 빛이 바래고 먼지가 뽀얗게 앉았으며, 모자에 달린 깃털은 거의 다 빠져서 차라리 떼어 버리는 편이 나을 듯했다. 늙은 말도 계속되는 여행에 지친 나머지 목을 길게 늘어뜨린 채 어정어정 걸어갔기 때문에 길에서 마주치는 사람들마다 다르타냥을 힐끔거리며 비웃었다. 그는 자신을 비웃어 대는 사람들을 만날 때마다 화가 치밀어 올라 몇 번이고 칼자루에 손이 갔지만, 어머니의 말을 떠올리면서 주먹을 움켜쥐곤 했다.

그렇게 며칠이 지나 다르타냥은 파리 근처의 무앙이라는 마을에 도착하게 되었다. 다르타냥과 늙은 말 모두 힘든 여행길에 지쳐 있었기 때문에 그는 마을 구경은 생각도 못 하고 길가의 한 여관 앞에 말을 세웠다. 다르타냥이 여관 안으로 들어서자 무사처럼 보이는 사나이 세 명이 다르타냥을 바라보며 웃고 있었다.

"지금 뭘 보고 그렇게 웃고 있는 거요?"

다르타냥은 화가 치밀어 오르는 것을 참지 못하고 소리쳤다. 사실 그동안 자신을 비웃었던 사람들은 대부분이 평범한 농민이었기 때문에 그는 놀림을 받으면서도 상대를 하지 않았다. 그런데 지금 자신을 비웃는 사람들은 허리에 큰 칼을 차고 있는 것으로 보아 무사들이 분명했다. 같은 무사에게서 비웃음을 당한다는 것은 굉장히 모욕적인 일이었다. 다르타냥은 이런 모욕을 도저히 웃어넘길 수가 없었다.

"우리는 자네 이야기를 한 게 아니니 그만 신경 끄게나."

세 사람 중 우두머리로 보이는 남자가 다르타냥을 향해 비꼬는 말투로 대답했다. 그는 키가 늘씬한 귀족 차림의 사나이로 뺨에 칼자국이 나 있었다. 검은 콧수염이 멋스럽게 다듬어져 있었으며, 화려한 자줏빛 옷을 입고 보석이 박힌 칼을 차고 있었다.

"그럼, 내가 지금 괜히 당신네들에게 시비를 걸고 있다는 겁니까?"

다르타냥은 점잖은 척하며 자신을 무시하는 사나이의 태도에 더욱 화가 났다. 그러나 칼자국이 난 사나이는 다르타냥의 말에는 아랑곳하지 않고 창밖을 쳐다보며 중얼거렸다.

"저 말도 젊었을 때는 꽤나 훌륭했겠군. 지금이야 늙어서 아무런 쓸모도 없겠지만 말이야."

사나이 셋은 다시 한 번 크게 웃음을 터뜨렸다.

"네놈은 말 주인을 비웃을 용기조차 없는 겁쟁이라 말을 비웃는 거냐?"

다르타냥은 더 이상 참지 못하고 칼을 빼 들었다.

"호오, 지금 나와 결투를 하자는 건가? 제법 용기 있는 녀석이군. 보아하니 가스코뉴 출신 같은데 좋은 말로 할 때 칼을 집어넣고 용서를 비는 게 신상에 좋을 거야. 내가 누군지 알면 아마 오늘 일을 크게 후회할 텐데……."

칼자국이 난 사나이는 다르타냥을 바라보며 빈정거리다가 이내 귀찮다는 듯이 고개를 돌렸다. 다르타냥은 상대방에게 모욕적인 말을 듣게 되자 더 이상 두고 볼 수가 없었다.

"에잇!"

그는 빼어 든 칼로 상대방의 가슴을 겨누고 돌진하기 시작했다. 끊임없이 연마했던 번개 같은 찌르기였지만, 상대방의 발동작은 다르타냥의 칼보다 더욱 빨랐다. 칼자국이 난 사나이는 옆으로 비켜서면서 재빠르게 칼을 뽑아 다르타냥의 눈앞에 들이 대었다.

그때까지 상황을 지켜보던 두 사나이가 옆에 놓인 쇠몽둥이 와 삽자루 등을 집어 들고 다르타냥에게 달려들었다. 다르타냥 은 자신에게 덤벼드는 두 사람을 막기 위해 정신없이 칼을 휘둘 렀다. 그러는 사이 칼자국이 난 사나이는 칼을 집어넣고 한 발 짝 물러나서 태연하게 싸움을 구경하기 시작했다.

"빨리 저 애송이를 말 등에 태워 고향으로 쫓아 보내라."

칼자국이 난 사나이는 히죽히죽 웃으면서 다르타냥을 놀려 댔다. 다르타냥은 빨리 다른 놈들을 제압하고 자신을 비웃는 녀 석을 공격하고 싶었지만, 두 명의 공격을 막아 내는 것만으로도 벅찼다. 쇠몽둥이와 삽자루 같은 괴상한 무기들을 상대해야 했 기에 다르타냥은 더더욱 정신이 하나도 없었다. 그렇게 눈코 뜰 새 없이 상대방의 공격을 막아 내던 중 그만 다르타냥의 칼이 두 동강으로 부러지고 말았다.

"하하하, 애송아. 칼도 부러졌는데 이제 그만 항복하는 것이 어떠냐?"

사람들은 모두 크게 웃으며 다르타냥에게 한마디씩 던졌다. 그러나 가스코뉴 태생의 젊은 무사에게 죽음은 있을지언정 항 복이란 말은 없었다. 다르타냥은 부러진 칼을 들고 끝까지 대항

하였다. 칼자국이 난 사나이의 부하들은 사정을 봐주지 않고 흉흉한 기세로 다르타냥을 공격하기 시작했다. 그는 굽히지 않고 용감하게 맞서 싸웠지만, 정통으로 머리를 얻어맞아 그 자리에 쓰러지고 말았다.

밖은 싸움을 구경하러 온 사람들로 북적거렸다. 여관 주인은 더 이상 소란스러워지는 것을 막기 위해서 쓰러져 있는 다르타냥을 데리고 안으로 들어갔다. 다르타냥은 까무러친 상태에서도 자신의 가슴을 두드리며 중얼거렸다.

"네놈들, 나중에 후회하지 마라. 나는 트레빌 님을 뵈려고 파리에 가던 중이었다. 트레빌 님에게 전할 편지가 여기 들어 있단 말이다. 편지를 가져오는 도중에 네놈들에게 망신을 당한 것을 아시면 그분이 너희를 가만두지 않을 거다."

여관 주인은 기절해 있는 다르타냥을 빈방으로 데려가 간단하게 치료해 주었다. 다르타냥은 정신을 잃은 와중에도 계속 중얼거림을 멈추지 않았다.

"반드시 복수해 줄 테다. 괘씸한 놈들, 반드시 네놈들에게 빚을 갚고야 말겠어."

여관 주인은 불쌍한 눈으로 다르타냥을 바라보더니 곧 몸을 돌려 칼자국이 난 사나이를 찾아갔다.

"백작님, 어디 다친 데는 없으십니까?"

"괜찮네. 그래, 그 정신 나간 녀석은 어찌 되었나?"

여관 주인은 다르타냥이 빈방에 의식을 잃은 채 누워 있다는 사실과 함께, 정신을 잃은 상태에서 중얼거렸던 이야기를 칼자국이 난 사나이에게 소상히 들려주었다.

"트레빌 총사대장 말인가?"

사나이는 잔뜩 긴장한 표정이었다.

"그 녀석은 지금 어디 있지?"

"이층에 있습니다."

주인의 이야기가 끝나기도 전에 칼자국이 난 사나이는 이층으로 걸음을 옮기기 시작했다.

얼마 지나지 않아 다르타냥은 가까스로 정신을 차릴 수 있었다. 머리에는 붕대가 잔뜩 감겨 있었고, 몸 여기저기에 난 상처마다 전부 빨간약이 발라져 있었다. 다르타냥은 간신히 몸을 일으켜 주위를 둘러보고 자신의 옷과 짐이 보이지 않는다는 것을 깨달았다.

"이보시오, 주인! 내 옷과 짐을 어떻게 했소? 빨리 가져다주시오. 그리고 그 칼자국이 난 녀석은 지금 어디에 있지?"

"지금 현관 앞에서 어떤 귀부인과 이야기를 하고 계십니다."

다르타냥은 조금 전에 받았던 모욕을 갚아 주어야 한다는 생각으로 벌떡 일어났다. 하지만 온몸이 욱신거리고 머리가 깨질 듯이 아파서 도저히 결투를 할 수 있는 상태가 아니었다. 그는 치밀어 오르는 화를 꾹 참고, 상대의 얼굴을 기억해 두기 위해서 창밖을 바라보았다. 주인의 말대로 칼자국이 난 사나이는 현관 앞에 있는 마차 안에서 아리따운 귀부인과 이야기를 하고 있었다.

"그러면 전 이제부터 어떻게 해야 하죠?"

아리따운 귀부인은 칼자국이 난 사나이를 바라보며 자못 심각한 표정으로 물었다. 그녀는 스물서너 살쯤 되어 보이는 젊은 여성이었다. 파란 눈에 장밋빛 입술과 백옥 같은 피부를 가지고 있었으며, 아름다운 금빛 머리카락이 고불거리는 전형적인 귀부인의 모습이었다.

"밀라디, 당신은 일단 하루빨리 영국으로 돌아가시는 게 좋을 것 같소. 그곳에서 버킹엄 공작이 런던을 떠났는지 확인하고 추기경님에게 신속히 보고를 드리시오."

"예. 백작님께서는 어떻게 하실 건가요?"

"나는 파리로 돌아갈 거요."

"아까 이야기하신 그 버릇없는 시골 애송이는 그대로 놔두실 건가요?"

"내가 그런 애송이를 일일이 상대할 필요가 있겠소?"

비웃음이 가득 섞인 말을 듣게 되자 다르타냥은 또다시 분노가 끓어오르는 것을 느꼈다. 그는 아픔도 잊은 채 벼락같이 소리를 지르며 현관으로 달려 나갔다.

"네놈이 말한 애송이가 바로 여기 있다. 네 녀석을 가만두지 않을 테니 비겁하게 도망치지 마라!"

두 사람은 깜짝 놀라 뒤를 돌아보았다. 다르타냥이 머리에 붕대를 싸맨 채로 비틀거리며 달려오고 있었다.

"곧 죽어도 재잘거리는 건 여전하구만."

칼자국이 난 사나이는 다르타냥은 안중에도 없다는 듯 금발의 귀부인에게 가벼운 인사를 남긴 채 재빨리 말을 타고 사라져 갔다. 사나이가 떠나는 것을 본 밀라디의 마차 역시 반대쪽으로 달려가기 시작했다. 다르타냥이 현관 밖으로 뛰쳐나왔을 때는 이미 양쪽 모두 뿌연 먼지만을 남긴 채 멀리 사라져 버린 후였다.

"이 비겁한 녀석아! 거기 멈춰라!"

다르타냥은 칼자국이 난 사나이를 따라 뛰기 시작했지만 몇 걸음 가지도 못해 그만 땅바닥에 주저앉고 말았다. 상처가 다 회복되지도 않았는데 무리하게 몸을 움직인 탓이었다. 결국 그는 비틀거리면서 다시 여관으로 돌아올 수밖에 없었다.

"아까 그 칼자국 난 녀석이 어디로 갔는지 알고 있소?"

"예, 정확한지는 모르겠지만 얼핏 들었을 때는 파리로 간다고 했던 것 같습니다."

"그럼, 혹시 그 녀석이 누군지 알고 계시오?"

"저도 이름은 모릅니다. 다만 따라다니는 사람들이 백작님이라고 하는 것으로 봐서 신분이 꽤 높은 사람인 것 같습니다."

다르타냥은 당장이라도 파리로 달려가고 싶었지만, 상처의 아픔과 오랜 여행으로 인한 피로가 겹쳐 도저히 길을 떠날 수가 없었다. 칼자국이 난 사나이의 모욕적인 말에 흥분해서 달려 나오긴 했지만, 사실 그는 칼도 제대로 쥘 수 없을 정도로 상태가 좋지 않았던 것이다.

"주인, 약초와 향료, 기름 등을 좀 사다 줄 수 있겠소? 아무래도 오늘은 이곳에서 묵어야 할 것 같으니 약을 좀 만들어야겠소."

다르타냥은 여관 주인이 사다 준 재료를 가지고 어머니가 가르쳐 준 집시들의 약을 만들기 시작했다. 그는 몹시 지쳐 있었기 때문에 상처에 약을 바르자마자 곧 곯아떨어지고 말았다.

이튿날, 잠에서 깨어난 다르타냥은 온몸의 상처가 전부 아물어 있는 것을 보고 깜짝 놀랐다. 어머니가 특별히 가르쳐 준 방법이었지만 이렇게 효험이 있으리라고는 전혀 생각지 못했다. 상처도 아물었고, 하룻밤을 편히 쉬었기 때문에 다르타냥은 기운을 회복하게 되었다. 이제 그에겐 파리로 달려가 트레빌 총사대장을 만나고, 자신을 비웃었던 칼자국이 난 사나이를 찾아 따끔하게 혼내 주는 일만 남아 있었다.

"난 이제 파리로 떠날 거니 숙박료를 계산해 주시오."

다르타냥은 계산대로 내려와 숙박비를 지불하려고 호주머니에 손을 넣었다. 손때 묻은 지갑을 꺼내려고 하는 순간, 그는 트레빌 총사대장에게 전할 편지가 없어졌다는 것을 알았다.

"엇? 편지가 어디 갔지?"

다르타냥은 크게 당황한 모습으로 주머니와 짐 꾸러미를 모두 뒤지기 시작했다. 하지만 편지는 어디에도 없었다.

"내 주머니에 들어 있던 편지를 어떻게 했지? 사실대로 말하지 않으면 이 칼로 전부 찔러 버리고 말겠다."

여관 주인은 다르타냥이 갑자기 칼을 빼 들며 위협하자 가슴이 철렁 내려앉았다. 자신과 종업원들은 분명히 주머니를 뒤진 적이 없었기에 편지의 행방을 알 수 없었다. 그러나 다르타냥은 무슨 말이라도 하지 않으면 당장에 찌를 기세로 주인을 노려보고 있었다.

"아, 맞아요! 얼굴에 칼자국이 난 그 사람이 가져간 게 틀림없어요. 무사님이 어제 쓰러진 뒤에 계속 중얼거리던 이야기를 그 사람도 들었거든요. 무사님을 빈방으로 옮겨 놓고 나서, 그 사나이는 당신이 어디 있는지 제게 물어보고는 바로 그쪽을 향해서 올라갔어요."

주인은 가까스로 어제 일을 머릿속에 떠올렸다.

"이 도둑놈! 정말 내 손에 잡히기만 해 봐라. 단숨에 두 동강을 내 버리고 말겠다!"

다르타냥은 분을 이기지 못하고 발을 동동 굴렀지만 도둑맞은 편지는 찾을 길이 막막했다. 여관 주인은 다르타냥이 혹시라도 화풀이를 하지는 않을까 안절부절못하고 있었다.

"그런데 대체 왜 그놈들이 편지를 가져간 거지? 편지를 훔쳐 갔다면 뭔가 나쁜 일을 꾸미고 있는 것이 분명한데 말이야. 정말 그 녀석들에 대해 아는 게 하나도 없소?"

"전혀 모릅니다. 백작이라고 하는 소리만 들었을 뿐이지 무슨 백작인지도 모르고, 전부 처음 보는 사람들뿐이었어요."

하는 수 없이 다르타냥은 편지를 되찾는 것은 포기한 채 말을 타고 파리로 향했다. 파리는 무앙 마을에서 멀지 않았기 때문에 다르타냥은 아무런 사고 없이 금방 파리에 도착할 수 있었다.

시골에서만 자란 다르타냥에게 화려한 파리의 모습은 너무나 아름다워 보였다. 곳곳마다 멋진 건축물이 늘어서 있었으며, 거리를 지나다니는 행인들의 옷차림 역시 화려하고 아름다웠다.

'이러고 있을 때가 아니지. 일단 숙소를 정하고, 부러진 칼을

고친 다음에 빨리 트레빌 총사대장님을 만나 뵈어야겠다.'

하지만 다르타냥이 가진 돈으로는 파리에서 허름한 방조차 구할 수가 없었다. 그는 어쩔 수 없이 아버지가 물려준 늙은 말을 팔아야만 했다. 다행스럽게도 말을 산 사람이 생각했던 것보다 값을 많이 쳐 주었기에, 다르타냥은 부러진 검을 수리하고 뒷골목에 있는 잡화 가게의 작은 다락방 한 칸을 빌릴 수 있었다.

용감한 무사라고는 하나 아직 어린 청년이었다. 처음으로 부모님 곁을 떠나 홀로 여행길에 오른 것이었기에 다르타냥은 숙소에 도착하자 그동안 쌓였던 긴장이 한꺼번에 풀렸다. 특히 아버지의 편지를 잃어버린 후 늘 마음 한구석이 무거웠는데 그것마저도 한결 가벼워진 기분이었다. 허름하고 좁은 방에 널빤지를 깔아 놓은 것처럼 딱딱한 침대였지만 다르타냥은 오랜만에 단잠을 잘 수 있었다.

삼총사와의 결투

다음 날, 날이 밝자마자 다르타냥은 트레빌 총사대장을 만나러 갈 준비를 하기 시작했다. 트레빌의 저택은 다르타냥이 얻은 작은 다락방에서 얼마 떨어지지 않은 곳이었다. 다르타냥은 두근거리는 가슴을 안고 저택의 문을 향해 뚜벅뚜벅 걸어갔다.

저택의 안뜰은 마치 전장과 같이 팽팽한 긴장이 감돌고 있었다. 시원하게 불어오는 아침 바람을 타고 힘찬 기합 소리가 들려왔으며, 발을 맞춰 걸어가는 총사들의 구두 소리가 저벅저벅 울렸다. 정면의 넓은 계단에서는 총사 네 명이 열 명의 총사가 공격해 오는 것을 막아 내는 연습을 하고 있었다. 아무리 대담하고 용감한 사람이라도 그 모습을 보면 간담이 서늘해지지 않을 수 없었다. 총사들은 연습용 칼이 아니라 날이 시퍼렇게 선 진짜 칼을 가지고 실전에 가까운 연습을 하고 있었기 때문이다.

마침 총사 한 명이 상대방의 공격을 막아 내지 못하고 그만 팔에 칼을 맞고 말았다. 그러자 그의 팔에서는 시뻘건 피가 솟구쳐 나왔다. 다르타냥은 크게 놀라지 않을 수 없었다.

'정말 굉장하구나. 이야기는 많이 들었지만 이 정도일 줄이야…….'

놀라운 것은 그뿐만이 아니었다. 트레빌 총사대장을 만나기 위해 저택 안으로 들어선 다르타냥은 어마어마하게 많은 사람이 대기실에 모여 있는 것을 보고 경악을 금치 못했다. 그들 모두 다르타냥처럼 총사가 되기 위해서 프랑스 전국에서 모여든 무사들이었다. 하나같이 크고 우람한 몸집에 날카로운 눈빛을 가진 사람들이었기에 다르타냥은 은근히 기가 죽었다.

'다들 굉장한 실력을 가진 것 같은데? 이거 쉽지 않겠는걸?'

아버지가 써 준 소개장마저 잃어버렸기 때문에 다르타냥은 만만치 않아 보이는 검객들을 이기고 총사가 될 자신이 없었다. 하지만 이제 와서 다시 돌아갈 수도 없는 노릇이었다. 다르타냥에게는 모든 것을 사실대로 밝히고 총사가 되기 위해서 도전하는 길밖에 없었다. 그는 나약해지려는 마음을 추스르고 조용히 자리에 앉아서 자기 차례가 돌아오기만을 기다리고 있었다. 그러자 옆자리에 앉은 사나이들이 시끌벅적하게 떠드는 소리가 들려왔다.

"리슐리외 추기경의 호위대 녀석들과 근위 총사대가 어제도 한바탕했다며?"

"그렇다고 하더구만. 삼총사 중의 아토스는 어깨에 칼을 맞아서 중태라던데?"

"아토스가? 그럼 나머지 두 사람, 포르토스와 아라미스는 어떻게 되었나?"

"둘은 무사한 모양이야. 두 사람이 호위대 녀석들을 꽤 많이 쓰러뜨렸다던걸."

"그렇겠지, 총사들 중에서도 삼총사는 그야말로 검술의 귀신들이니까."

총사 지망생들의 이야기처럼, 리슐리외 추기경의 호위대와 트레빌 총사대장의 총사대는 늘 사이가 좋지 않았다. 그 당시 리슐리외 추기경은 프랑스의 국왕 루이 13세보다 더 큰 세력을 가지고 있었다. 그래서 루이 13세와 리슐리외 추기경은 항상 서로를 견제하는 상태였다. 그런 와중에 루이 13세가 왕자 시절부터 총애하던 트레빌을 국왕의 호위대인 총사대 대장으로 임명하게 되었고, 검의 명수인 트레빌의 명성 때문에 솜씨가 뛰어난 검사들이 차례로 그의 밑에 들어오게 되었다. 그래서 리슐리외 추기경은 국왕의 세력이 점점 커지는 것을 두려워한 나머지 자신도 호위대를 만들어 총사대와 견줄 만한 세력을 만들게 된 것이었다. 충성을 바치는 대상이 달랐기 때문에, 두 집단은 항상 서로를 원수처럼 여기고 자주 부딪쳤다. 싸움이 벌어지는 것은 예사였고, 때로는 목숨을 잃을 정도로 과격한 싸움이 벌어지곤 했다.

'아…… 그렇구나.'

다르타냥은 시골에서 갓 올라왔기 때문에 이러한 사실을 전혀 모르고 있었다. 그는 지망생들 틈에 끼여 차례를 기다리는 동안 많은 이야기를 들을 수 있었다.

그러는 사이에 연습이 끝난 총사들이 땀을 닦으면서 우르르 대기실로 몰려 들어왔다. 다르타냥은 많은 총사 중에서 유독 멋있는 복장에 훌륭한 칼을 차고 있는 총사를 발견하고는 눈이 휘둥그레졌다. 스물네댓 살 정도 되어 보이는 사나이는 총사들이 입고 있는 것과는 다른 제복을 입고 있었다. 그가 걸음을 옮길 때마다 초록색 윗도리 위에 걸쳐진 새빨간 벨벳 망토가 펄럭였으며, 그 사이로 화려하게 장식된 검이 살짝살짝 모습을 드러냈다.

"포르토스, 그렇게 일부러 망토를 펄럭거리고 다닐 필요는 없잖아."

다르타냥은 포르토스라는 이름을 듣게 되자 깜짝 놀라 그 사나이를 뚫어지게 바라보았다.

'저 사람이 바로 그 유명한 삼총사의 한 사람이구나⋯⋯.'

다르타냥은 삼총사의 한 사람을 직접 보게 되었다는 사실에 가슴이 두근거렸다.

"내가 언제 그랬나? 자네는 농담이 너무 지나쳐, 아라미스."

아라미스라고 불린 총사는 여자처럼 아름답고 하얀 얼굴을 가진 사람이었다. 얼핏 보면 남자인지 여자인지 구분이 안 될 정도로 빼어난 미모를 가졌지만 두 눈에는 날카로운 빛이 번뜩이고 있었다.

'다들 하나같이 멋있구나. 나도 저런 총사가 될 수 있었으면⋯⋯.'

다르타냥은 부러운 눈초리로 두 사람을 바라보았다. 그때, 대기실에 다르타냥을 부르는 소리가 울려 퍼졌다.

"타르브 마을의 다르타냥 씨, 지금 트레빌 대장님께서 부르십니다."

다르타냥은 벌떡 일어나 안내하는 총사의 뒤를 허겁지겁 쫓아갔다. 그는 언제나 트레빌 총사대장과의 만남을 꿈꿔 왔지만, 막상 이런 기회가 찾아오자 몸과 마음이 긴장되기 시작했다.

다르타냥은 떨리는 몸과 마음을 가까스로 진정시키고 넓은 방 안으로 들어갔다. 그곳에는 그가 그토록 만나고 싶어했던 총사대장 트레빌이 근엄한 표정으로 앉아 있었다. 다르타냥은 씩씩하게 앞으로 걸어 나가 트레빌에게 공손하게 인사를 건넸다.

"안녕하십니까? 저는 타르브 마을에서 온 다르타냥이라고 합니다. 저희 아버지께서 대장님에게 안부를 전해 달라고 하셨습니다."

"오! 그래? 과연 아버지를 쏙 빼닮았구만. 아버님께서는 안녕하신가?"

트레빌은 다르타냥의 이야기를 듣자 환하게 웃음을 지었다.

"예, 요즘도 날마다 승마와 검술 연습을 하십니다."

"하하하, 여전하구만. 나와는 어려서부터 무척이나 친하게 지냈지. 큰 부상만 아니었다면 크게 되었을 사람인데, 무척 안타까운 일이야. 그런데 설마 안부를 전하기 위해 찾아온 것은 아닐 테고, 자네는 무슨 볼일로 나를 찾아왔는가?"

"예, 총사가 되고 싶어서 이렇게 대장님을 찾아뵀습니다."

다르타냥은 씩씩한 목소리로 대답했다.

"총사? 흠, 이야기가 길어질 것 같구만. 잠시 앉아서 기다리게. 야단을 쳐야 할 일이 좀 생겨서 말이야."

트레빌은 자리에서 일어나 문을 활짝 열고는 크게 소리를 질렀다.

"아토스! 포르토스! 아라미스! 당장 이리로 들어오너라!"

대장의 부름에 대기실에서 아까 보았던 두 사람이 급한 걸음으로 방 안으로 뛰어 들어왔다. 트레빌은 날카로운 눈초리로 두 사람을 훑어보더니, 큰 소리로 호통을 치기 시작했다.

"도대체 어찌 된 일인가? 늦은 밤까지 술집에서 떠들어 대다가 호위대와 싸움을 해? 그러고도 너희가 국왕 폐하를 호위하는 총사라고 할 수 있나?"

두 사람은 고개를 푹 숙인 채 묵묵히 서 있었다.

"그런데 왜 아토스의 모습이 보이지 않는 거지?"

"저…… 아토스는 지금 천연두에 걸려서 누워 있습니다."

아라미스가 트레빌을 똑바로 쳐다보지 못하고 우물쭈물하면서 대답했다.

"뭐, 천연두? 내가 그런 말에 속을 거라고 생각했나? 어제 상처를 입은 모양이로군. 총사들 중에서도 제일 뛰어나다고 삼총사라 불리는 녀석들이 이 모양이니 도대체 이를 어찌해야 한단 말인가?"

트레빌은 화를 이기지 못한 나머지 발을 쾅쾅 굴렀다.

"이제부터 술집에도 가지 말고, 다시는 싸움도 하지 말거라!"

이때, 갑자기 문이 열리더니 얼굴이 창백한 총사 한 명이 절뚝거리면서 방으로 들어왔다. 포르토스와 아라미스는 그 총사를 바라보고 깜짝 놀라 소리를 질렀다.

"아토스, 괜찮은가?"

"대장님께서 부르신다고 해서 이렇게 달려왔습니다. 늦어서 죄송합니다."

아토스는 숨을 가쁘게 몰아쉬며 힘겨운 듯 얼굴을 찡그렸다. 하지만 두 발을 가지런히 모으고 흔들림 없는 자세로 꼿꼿하게 서 있었다. 다르타냥은 그의 무서운 정신력에 감탄하지 않을 수 없었다.

"많이 다친 모양이로군. 자네들의 검은 국왕 폐하의 안전을 지키는 데 사용하라고 있는 것을 명심하게. 국왕 폐하를 지켜야 할 사람들이 목숨을 함부로 여기면 안 되는 거야."

트레빌은 찡그렸던 표정을 풀고 아토스의 손을 꽉 잡아 주었다. 아토스와 포르토스, 아라미스는 모두 크게 감격하여 깊이 고개를 숙였다. 그 장면을 바라보는 다르타냥의 마음속에도 무엇인가 뜨거운 것이 울컥 치밀어 올랐다. 굳세고 용감한 총사들의 모습을 보게 되자 그는 더더욱 총사가 되고 싶은 마음이 간절해졌다.

그런데 갑자기 아토스가 얼굴을 잔뜩 찡그렸다. 그는 온몸을 부들부들 떨기 시작하더니 그대로 바닥에 쓰러지고 말았다. 심각한 중상을 입고 무리하게 몸을 움직인 탓에 정신을 잃고 만

것이었다.

"포르토스! 아라미스! 아토스를 빨리 의무실로 데려가거라."

트레빌의 말이 끝나기 무섭게 두 총사는 아토스를 안고 의무실로 달려갔다. 트레빌은 자리로 되돌아와서 의자에 깊이 몸을 파묻었다.

"실례를 했구만. 그래, 총사가 되고 싶다고 했지? 올해 나이는 몇인가?"

"열여덟 살입니다."

"너무 어린데? 방금 전까지 저기 있던 아라미스가 총사들 중에서는 제일 어린데도 스물세 살이라네. 아직 스무 살도 되지 않았는데 총사가 되기에는 조금 힘들지 않겠나? 그리고 총사가 되기 위해서는 국왕 폐하께서 직접 정하신 규칙에 맞아야 하네. 서너 번 싸움터에 나가서 공적을 세워야 한다네."

다르타냥은 실망한 표정을 감추지 못했다. 그는 방금 전 보았던 총사들의 모습에 마음을 빼앗긴 후라 간곡하게 부탁을 하기 시작했다.

"검술은 다섯 살 때부터 아버지에게 엄하게 훈련을 받아 왔습니다. 비록 나이는 어리지만 그 누구에게도 진다는 생각은 하지 않습니다."

"허허, 큰소리를 치는 것도 아버지와 똑같구만. 그렇다면 총사 예비 학교에서 한 2~3년간 공부를 더 하고 찾아오게. 내가 직접 소개장을 써 주겠네."

다르타냥은 트레빌이 자신을 어리게만 생각하자, 분한 마음에 입술을 꼭 깨물었다. 그는 도저히 이대로 물러날 수가 없었다.

"아버지께서 제 실력을 시험해 보시고 나서 총사가 되겠다는 결심을 허락해 주신 겁니다. 사실 아버지의 소개장을 가져왔지만 중간에 도둑맞아 버렸습니다. 그 소개장을 보셨다면 틀림없이 생각이 달라지셨을 겁니다."

다르타냥은 무앙의 여관에서 있었던 일을 트레빌에게 자세하게 이야기하기 시작했다.

"칼자국이 난 사나이라고? 키가 크고 검은 콧수염에, 백작이라고 불렸다면 그 녀석이 틀림없구만. 혹시 그 귀부인과 무슨 이야기를 했는지 알고 있느냐?"

"예, 버킹엄 공작이 런던을 출발했는지 알아보고 리슐리외 추기경님에게 보고를 하라는 이야기였습니다. 귀부인의 이름은 밀라디였던 것 같습니다."

"역시 그 녀석이 확실하군. 파리에 있는 줄로만 알았는데, 어느새 무앙까지 가 있을 줄이야."

"대장님, 그자를 알고 계십니까? 전 그 녀석에게 모욕을 당했습니다. 반드시 복수를 해야 합니다."

"자네 마음은 알겠지만 복수는 그만 단념하도록 하게. 그자는 자네가 덤빈다고 해서 이길 수 있는 상대가 아니야. 그건 그렇고, 자네가 정 원한다면 언제든지 이 집을 찾아오도록 하게. 적당한 기회가 생기면 자네의 소원이 이루어질지도 모르지 않나?"

"감사합니다. 정말 감사합니다. 반드시 공을 세워서 대장님의 기대에 부응하도록 하겠습니다."

다르타냥은 트레빌에게 연신 고개를 숙이며 감사를 표했다. 그리고 기쁜 마음으로 방을 나서는 순간, 칼자국이 난 사나이가 거리를 지나가는 것이 창밖으로 보였다.

"앗! 그놈이다!"

"다르타냥, 왜 그러나?"

트레빌은 의아한 표정으로 다르타냥을 바라보았다.

"칼자국이 난 녀석이 바로 저놈이에요. 이번에야말로 절대 놓치지 않겠다!"

다르타냥은 문을 박차고 방에서 뛰어나갔다. 트레빌 대장은 걱정스러운 표정으로 그의 뒷모습을 바라보았다.

허겁지겁 계단을 뛰어 내려오던 다르타냥은 그만 한 총사와 부딪치고 말았다. 그는 방금 보았던 삼총사 중의 한 사람인 아토스였다.

"미안합니다. 급한 일이 있어서, 전 이만."

칼자국이 난 사나이를 놓치지 않겠다는 생각만이 머릿속에 가득 찬 다르타냥은 예의를 차릴 겨를이 없었다. 가볍게 고개를 숙이고 한마디 사과의 말을 남긴 채 뛰어가려는 순간, 아토스가 다르타냥의 팔을 잡았다.

"아무리 바쁘다고 해도 그렇게 성의 없게 사과를 하고 그냥 가려는 거냐? 그러고 보니 아까 대장님에게 꾸중을 들을 때 그 자리에 있었던 녀석이로군. 우리를 업신여겨서 일부러 부딪친 게로구나."

"그런 게 아닙니다. 정말 급한 일이 있어서 그러니 그만 놔주십시오."

다르타냥은 제 팔을 붙잡고 있는 아토스의 팔을 뿌리쳤다.

"정말이지 예의를 모르는 시골뜨기로군."

다르타냥은 시골뜨기라는 아토스의 말에 발끈했다.

"뭐라구요? 시골뜨기? 내가 시골뜨기라고 해도 당신 같은 사람에게 설교를 듣고 싶지는 않군요."

"네 녀석 마음대로 하게 놓아둘 수는 없지. 억지로라도 가르쳐 줘야겠다. 정오에 칼름 데쇼 수도원 뒤뜰로 오너라. 네 녀석에게 예의가 무엇인지 뼈저리게 느끼게 해 주마."

"좋소! 정오에 봅시다."

다르타냥은 또다시 정신없이 달려가기 시작했다. 아토스와
실랑이를 벌이느라 한참이 지난 뒤였기 때문에 칼자국이 난 사
나이를 놓칠지도 모른다는 생각에 미친 듯이 광장을 향해 달렸
다. 이윽고 정문을 지나려는 순간, 문지기와 이야기하고 있던
포르토스의 망토가 바람에 날려 나부끼면서 그만 다르타냥을
감싸고 말았다. 포르토스가 바람에 날려 올라간 망토 자락을 두
손으로 잡아당겼기 때문에, 다르타냥은 온몸이 망토에 감싸여
포르토스의 등에 달라붙게 되고 말았다.

"누구냐? 남의 망토 속에서 이렇게 무례한 행동을 하다니!
어서 나오지 못해?"

포르토스는 깜짝 놀라 소리를 질렀다. 다르타냥도 당황스러
운 마음에 망토에서 빠져나오려고 했지만 온통 어두컴컴해 나
갈 곳이 보이지 않았다. 그러는 와중에 망토가 갈라진 사이로
빛이 새어 들어왔고, 다르타냥은 그쪽으로 재빨리 얼굴을 내밀
었다. 그러자 다르타냥의 얼굴이 포르토스의 가슴 앞으로 튀어
나오더니, 아주 가까운 거리에서 두 사람은 얼굴을 마주 보게
되었다.

"죄송합니다. 급한 일이 생겨서 그만……."

망토를 빠져나온 다르타냥은 포르토스에게 사과를 했다.

"도대체 네놈은 눈을 감고 다니는 거냐, 뜨고 다니는 거냐?"

포르토스는 목청을 높여 다르타냥에게 소리를 질렀다.

"눈을 뜨고 있으니 당신 망토 속으로 들어갔지, 아니었으면 당신과 부딪쳤을 거요."

다르타냥은 상대방의 모욕적인 언사에 화가 나기 시작했다. 하지만 칼자국이 난 사나이를 붙잡기 위해서는 빨리 이 자리를 지나쳐야 했다.

"삼총사 중의 한 사람이라면서 예의를 모르는군요. 난 지금 이러고 있을 시간이 없으니 나중에 만나서 결판을 내도록 합시다."

"좋다. 그럼 오늘 1시에 룩상부르 성 뒤에서 보자. 혼쭐을 내 주겠다."

다르타냥은 다시 칼자국이 난 사나이를 보았던 곳으로 뛰어갔다. 그러나 이미 아토스와 포르토스에게 너무 많은 시간을 빼앗겨 버린 탓에 사나이의 모습은 찾을 수가 없었다. 만나는 사람마다 붙잡고 물어보았지만 아무도 칼자국이 난 사나이를 보았다는 사람은 없었다. 다르타냥은 간신히 발견한 적을 놓치게 되자 안타깝고 분한 마음이 들었다.

'그 녀석들만 아니었다면…….'

하지만 한편으로는 걱정스러운 마음도 들었다. 오늘 중으로 검술의 귀신이라는 삼총사 중 두 명과 결투를 벌여야 하기 때문이었다.

'정말 큰일이야. 도저히 이길 자신은 없는데……. 성미가 급해서 항상 침착해야 한다고 몇 번이나 주의를 들었는데도 일을 저지르다니…….'

열두 시가 가까워 오자 다르타냥은 결투를 약속한 장소로 발걸음을 옮겼다. 걱정도 되고 불안하기도 했지만, 결투를 피할 수는 없는 노릇이었다. 목숨을 잃더라도 정정당당하게 결투에 임하겠다고 결심하며 다르타냥은 수도원으로 향했다.

그러던 중에 그는 길가에서 삼총사 가운데 한 명인 아라미스가 친구인 듯한 사나이와 함께 있는 것을 보았다. 아라미스는 품위 있는 모습으로 밝게 웃으며 이야기를 하고 있었다. 제복을 입고 서 있는 아라미스의 모습은 더없이 훌륭하고 의젓한 총사의 모습이었다. 다르타냥은 부러운 눈으로 그를 바라보다가 빙긋 웃음을 지으며 그의 옆을 지나쳐 갔다.

그 순간, 아라미스의 호주머니에서 하얀 손수건이 떨어졌다. 다르타냥은 친절하게 손을 내밀어 그것을 주우려고 했으나, 아라미스가 손수건을 구둣발로 밟아 그의 행동을 제지했다. 다르타냥은 화들짝 놀라 아라미스의 얼굴을 쳐다보았다. 아라미스는 불쾌한 표정으로 다르타냥을 노려보고 있었다.

"왜 남의 물건에 손을 대는 거요?"

"떨어졌기에 주워 드리려고 한 것뿐입니다."

다르타냥은 도둑 취급을 받게 되자 화가 나서 손에 힘을 주어 손수건을 끌어당겼다. 그러자 손수건은 반으로 찢어져 버리고 말았다.

"떨어졌으면 떨어졌다고 말하면 될 것 아니오. 거지처럼 왜 남의 물건을 줍는 거요?"

"뭐라고, 거지라고? 당신이 바보처럼 손수건을 떨어뜨리니까 그런 것 아니오!"

"바보? 애송이 녀석이 건방지기 짝이 없군. 그래서 덤벼 볼 테냐?"

"겸손하게 대하니까 우쭐거리는군. 당신이 삼총사의 아라미스라는 것을 알고 있지만 그렇다고 내가 겁먹을 것 같소? 언제든지 좋소. 다만 12시와 1시에는 선약이 있소."

"그래, 좋다. 그럼 2시에 트레빌 대장님의 저택에서 보자."

다르타냥은 반쪽 난 손수건을 던져 주고는 수도원 뒤뜰로 걸어가기 시작했다. 그는 분한 마음에 결투를 받아들였지만 또 큰 실수를 저질렀다는 것을 깨닫게 되었다.

'파리에 도착하자마자 삼총사 전부와 결투라니……. 정말 아

무리 생각해도 너무 큰일을 저질러 버렸어.'

다르타냥은 성급한 자신의 행동을 후회하며 걸음을 옮겼다.

수도원 뒤뜰은 사람의 발길이 닿지 않은 거친 들판이었다. 무성하게 자란 잔디 사이로 오래된 나무들이 가지를 뻗고 있었고, 곳곳에 덤불이 무성하게 자라고 있었다. 중앙에 자리한 커다란 느릅나무 밑에는 아토스가 미리 도착해서 다르타냥을 기다리고 있었다.

아토스는 다르타냥의 모습을 보자 자리에서 일어나 예의를 갖추고 인사를 했다. 다르타냥도 공손하게 머리를 숙였다.

"이거 사과해야 할 일이 생기고 말았구만. 결투의 입회인으로 가장 친한 두 친구를 불렀는데 무슨 일인지 아직 도착을 하지 않았다네."

"저는 입회인이 없습니다. 어제 파리에 도착해서 아는 사람이 없어요. 아는 사람이라고는 트레빌 총사대장님뿐입니다."

"그렇군. 그나저나 총사도 아니고 호위대원도 아닌 자네와 결투를 한다는 게 좀 난처하긴 하군그래."

"염려 마십시오. 오히려 당신이야말로 오른쪽 어깨에 상처를 입었으니 불리할 것 같은데, 괜찮으시겠습니까?"

"걱정 말게나. 상처가 욱신거리긴 하지만 나는 왼손으로도 자유롭게 검을 쓸 수가 있다네. 왼손으로 싸우더라도 업신여긴 다고는 생각지 말게나. 결투를 약속한 직후에 양손을 자유롭게 쓴다는 이야기를 해 주었어야 하는데 경황이 없어서 못 했으니 이해해 주게."

다르타냥은 남자답고 호쾌한 아토스에게 점점 마음이 끌렸다.

"괜찮으시다면 제가 가지고 있는 약을 써 보시지 않겠습니까? 집시들의 비약인데 약효가 굉장히 뛰어납니다. 아마 바르고 며칠만 지나면 감쪽같이 상처가 다 아물 겁니다. 당신은 부상을 당했으니 분명히 결투에도 지장이 있을 겁니다. 이 약을 쓰시고 며칠 후에 정정당당하게 다시 저와 결투를 하시지 않겠습니까?"

"걱정해 주는 것은 고마운 일이지만 약은 사양하도록 하겠소."

그때, 저쪽에서 포르토스와 아라미스가 풀숲을 헤치며 결투 장소를 향해 오고 있었다. 다르타냥은 그들의 모습을 보자 크게 놀라지 않을 수 없었다.

"당신이 말한 입회인이 저 두 사람입니까?"

"그렇다네. 우리가 삼총사라고 불리는 이유는 늘 함께 붙어 다니기 때문이지."

결투 장소에 도착한 두 사람은 아토스에게 반갑게 인사를 하

고 결투 상대를 바라보았다. 그러자 두 사람은 일제히 소리를
질렀다.

"아니, 네 녀석은?"

아토스는 영문을 모른 채 두 사람을 쳐다보았다.

"자네들, 왜 그러나?"

"나도 이 녀석과 1시에 결투를 하기로 했네."

"아니, 자네도? 나도 2시에 결투를 하기로 했는데?"

삼총사는 얼마 동안 멍하니 서로 얼굴을 마주 보았다. 세 사
람 모두 넋이 나간 것처럼 어리벙벙한 표정이었다.

"자, 나는 분명 당신들 세 사람 모두와 결투를 약속했고, 죽기
전까지는 결투를 이행할 것입니다. 아토스 씨! 이제 결투를 시
작합시다."

다르타냥은 한 걸음 뒤로 물러서서 칼을 빼 들었다. 아토스는
그리 내키지는 않았지만 어쩔 수 없이 칼을 뽑아야 했다.

"좋아! 어디 한번 덤벼 보아라!"

두 사람은 서로를 향해 날쌔게 칼을 휘둘렀다. 열십자로 맞닿
은 칼에서는 차가운 금속성과 함께 불꽃이 튀어 올랐다. 다르타
냥과 아토스는 한 치의 물러섬도 없이 서로를 맹렬하게 공격하
기 시작했다. 그런데 두 사람이 싸우는 모습을 흥미진진하게 바
라보던 포르토스와 아라미스가 갑자기 소리를 질렀다.

"호위대야! 빨리 칼을 집어넣어!"

두 사람은 황급히 칼을 거두었지만 이미 한 떼의 호위대가 주사크 대장을 선두로 그들을 둘러싸고 있었다.

"총사님들께서는 결투가 국법으로 금지되어 있다는 사실을 알고 계실 텐데?"

주사크는 비꼬는 듯한 말투로 삼총사에게 말했다.

"주사크 대장도 알다시피 무사들은 어쩔 수 없이 결투에 임해야 하는 상황이 있지 않습니까? 한 번만 양해해 주시오. 우리도 호위대가 결투를 할 때 못 본 척하겠소."

아토스는 아니꼽다는 듯이 입술을 깨물었지만 또다시 말썽을 일으킬 수는 없었다. 그는 정중한 태도로 주사크에게 부탁하기 시작했다.

"그렇게 할 수는 없지. 추기경님의 명령에 따라 결투를 한 자는 체포해야만 한다네. 자, 좋은 말로 할 때 순순히 따라오게."

주사크는 어제 저녁의 일로 삼총사에게 앙심을 품고 있었다. 삼총사도 그런 사실을 잘 알고 있었기 때문에 조용히 넘어가기는 틀렸다고 생각했다.

"빨리 따라오지 않으면 강제로라도 체포해 가겠다."

"강제로? 할 수 있다면 어디 한번 해 보시지."

삼총사와 호위대는 칼을 빼어 들고 서로를 노려보았다. 하지만 호위대의 숫자가 압도적으로 많았기 때문에 삼총사에게 매우 불리한 상황이었다.

"어쩌지? 저놈들은 다섯이고 이쪽은 셋인데, 아토스마저 부상당한 상태잖아."

아라미스는 낮은 목소리로 동료들에게 말했다. 그 순간, 다르타냥도 칼을 빼어 들더니 삼총사 곁으로 다가왔다.

"왜 셋입니까? 저까지 네 명이지요. 비록 지금은 총사가 아니지만 언젠가는 저도 총사가 될 사람입니다."

"젊은 사람이 용기가 대단하군. 그래, 기꺼이 자네를 맞이하지."

네 사람은 호위대를 향해 질풍같이 달려들었다. 삼총사와 다르타냥의 검술 실력은 뛰어난 것이었지만 호위대도 만만치 않았다. 싸움은 점점 치열해져 갔고, 칼 부딪치는 소리와 함성 소리가 주변을 뒤흔들었다.

다르타냥에게는 이번이 난생처음 겪어 보는 싸움이었다. 여태껏 아버지와 연습으로만 칼을 주고받았을 뿐 실전 경험은 한 번도 없었기 때문이었다. 그는 어차피 싸울 거라면 거물을 상대해야겠다는 생각으로 호위대 대장 주사크를 향해 칼날을 뻗었다.

주사크는 총사들마저도 두려워하는 뛰어난 검객이었으나,

다르타냥은 주사크의 주위를 빙빙 돌면서 빈틈을 노려 칼을 찔러 대기 시작했다. 그는 왼쪽으로 찔렀다가 달아나고, 다시 오른쪽으로 찔렀다가 달아나고, 다시 오른쪽을 찌르려고 하다가 왼쪽을 찌르며 주사크를 혼란에 빠뜨렸다. 당황한 주사크는 칼을 마구 휘두르면서 다르타냥의 공격을 막아 냈지만 결국 어깨에 깊은 상처를 입고 말았다. 다르타냥은 적의 대장을 물리쳤다는 기쁨과 첫 전투의 두려움으로 가슴이 두근거리기 시작했다.

'맞아! 우리 편은 어떻게 되었지?'

다르타냥은 주위를 둘러보았다. 아라미스는 벌써 한 명을 쓰러뜨리고 다른 사람을 상대하고 있었다. 포르토스 역시 여유롭게 호위대를 상대하고 있었으나 아토스는 부상을 당한 탓에 힘겹게 상대의 공격을 막아 내고 있었다. 다르타냥은 곧바로 아토스에게 달려가 아토스 대신 호위대원을 상대했다.

주사크를 쓰러뜨린 다르타냥의 검술은 호위대원이 막아 내기에는 역부족이었다. 다르타냥은 또다시 주위를 빙빙 돌며 허점을 찌르는 공격으로 상대방을 압박해 들어가기 시작했다.

"다르타냥! 그놈은 내 상대였으니까 자네가 쓰러뜨리면 안 돼. 다시 나에게 돌려보내 주게."

아토스는 부상을 당해 주저앉아 있으면서도 큰 소리로 외쳤다.

다르타냥은 고개를 끄덕이고는 다시 맹렬하게 공격을 퍼부었다. 그러자 상대는 이내 비틀거리며 발이 꼬이기 시작했다.

"자, 여기 돌려보냅니다."

바닥에 앉아 기운을 회복한 아토스는 비틀거리는 상대를 한칼에 찔러 넘어뜨렸다. 다르타냥과 아토스는 서로 마주 보고 빙긋 웃은 다음 아라미스와 포르토스에게 다가갔다. 아라미스의 상대는 이미 쓰러진 뒤였고, 포르토스와 싸우는 호위대원만이 가슴과 다리에 피를 흘리면서도 악착같이 칼을 휘두르고 있었다.

"더 이상 무의미한 싸움을 계속할 필요는 없잖아. 이제 그만 항복해. 너 혼자 남았다."

호위대원은 총사들의 권고를 무시한 채 결연한 태도로 계속 칼을 휘둘렀다. 그러자 보다 못한 주사크가 큰 소리로 외쳤다.

"비켜라! 상대는 모두 멀쩡하지만 우리는 너 혼자 남았다. 명령이야, 그만 칼을 거둬!"

그제야 호위대원은 칼을 멈추었다. 그는 적에게 칼을 빼앗길까 두려워 칼을 무릎에 대고 두 동강을 내어 멀리 풀밭에 던져버렸다.

"적이지만 정말 훌륭한 모습이구나."

삼총사와 다르타냥은 혼자 남은 호위대원의 태도에 감동해 크게 박수를 쳐 주고는 부상당한 사람들을 수도원에 옮겨 치료를 받게 해 주었다.

그들은 승리의 기쁨으로 수도원의 종을 크게 울린 뒤에 호위대의 검을 가지고 트레빌의 저택으로 돌아왔다. 다르타냥은 삼총사와 함께 어깨를 나란히 하고 걷는 것이 꿈만 같았다. 적의 대장을 이기고, 그 유명한 삼총사와 함께 어깨동무를 했다는 사실에 다르타냥은 크게 흥분했다.

트레빌의 저택에 당도하자 다르타냥은 슬그머니 삼총사에게 물어보았다.

"아직 총사는 아니지만, 총사의 가능성이 있는 병아리쯤은 되지 않을까요?"

다르타냥의 말에 삼총사는 크게 웃으며 그의 어깨를 두드려 주었다.

"자네 솜씨가 제법 훌륭하던걸?"

네 사람 모두 기쁜 얼굴로 저택 안으로 들어갔다.

위험에 빠진 보나슈 부인

삼총사와 호위대원들의 결투는 이미 파리 시내에 소문이 파다하게 퍼져 있었다. 그중에서도 호위대장 주사크를 이긴 무명의 총사 지망생 다르타냥의 이야기는 거리 전체를 떠들썩하게 할 정도였다. 저택으로 돌아온 삼총사와 다르타냥은 곧 트레빌의 호출을 받았다.

"어제 일을 저지른 지 얼마나 되었다고 또 말썽을 부리고 다니는 거냐! 결투가 법으로 금지되어 있다는 사실을 잊어버린 게냐? 법을 어기고 결투를 한 것도 모자라서 호위대와 싸움을 벌여? 앞으로 또 이런 일이 있을 때는 용서하지 않겠다."

트레빌은 모두가 보는 앞에서 따끔하게 삼총사와 다르타냥

을 꾸짖었다. 그러나 그것은 다른 사람들에게 보이기 위한 것이
었다. 트레빌은 자기 방으로 조용히 그들을 부르더니 환하게 미
소를 지으면서 등을 두드렸다.

"잘했네, 잘했어. 주사크를 쓰러뜨리고 칼을 네 자루나 빼앗
아 왔다면서? 아주 속이 다 후련하구만. 리슐리외 추기경이 제
멋대로 일을 꾸미기 전에 폐하를 만나 뵙고 와야겠다. 너희는
돌아가 푹 쉬도록 해라."

트레빌은 곧바로 루이 13세를 만나기 위해 왕궁으로 들어갔
다. 루이 13세는 넓은 방에서 혼자 트럼프 놀이를 즐기던 중이
었다.

"국왕 폐하, 그간 별고 없으셨습니까?"

"오, 트레빌 대장이군. 마침 잘 왔소. 벌써 리슐리외 추기경
이 한바탕 떠들어 대고 돌아갔다네. 자네의 부하들은 모두 불한
당 같은 놈들이라고 하더군. 하하하, 대체 무슨 일이 있었던 건
가?"

트레빌 대장은 다르타냥과 삼총사의 결투로 인해 벌어진 사
건을 루이 13세에게 자세히 이야기했다.

"그래서 추기경이 그렇게 노발대발했던 것이로군. 그래, 그
삼총사 말고도 못 보던 젊은이가 한 명 있었다던데, 누구지?"

"올해로 열여덟 살이 된 다르타냥이라고 하는 젊은이로 총사

지망생이옵니다."

"그래, 듣자 하니 주사크를 일격에 쓰러뜨렸다던데? 어린 나이에 굉장한 솜씨를 지니고 있구만."

"예, 저와 어려서부터 절친했던 친우의 자식으로 총사가 되기 위해 이곳에 온 젊은이입니다. 분명 폐하의 충성스러운 신하가 될 것입니다."

"기특한 녀석이로군. 한 번 만나 보고 싶은데 괜찮겠지? 내일 오후에 삼총사와 함께 데려오도록 하시오."

저택으로 돌아온 트레빌은 삼총사와 다르타냥에게 국왕을 대면하는 영광을 알려 주었다. 삼총사는 전에도 몇 번 국왕을 알현할 기회가 있었기 때문에 침착한 모습이었지만, 다르타냥은 흥분을 감추지 못하는 모습이었다.

'국왕 폐하를 직접 뵐 수 있다니……. 정말 꿈만 같아.'

다르타냥은 설레는 마음에 잠도 제대로 자지 못했다.

다음 날, 다르타냥은 삼총사와 함께 트레빌을 따라 루이 13세가 있는 궁전에 도착했다. 알현실에서 국왕을 기다리는 동안 다르타냥은 너무 긴장해서 온몸이 굳어 버린 듯한 느낌을 받았다. 이윽고 커다란 문이 열리고 루이 13세가 모습을 드러냈다. 트레빌과 총사들은 허리를 굽혀 예의를 표하고는 국왕 앞으로 나아갔다. 다르타냥은 맨 뒤에 서서 삼총사가 하는 행동을 그대로 따라 했다.

"젊은이라고 들었는데 아직 소년이지 않은가? 이런 소년이 주사크를 쓰러뜨렸다니 참으로 놀라운 일이구나. 용기와 검술 실력이 그토록 뛰어나니 내가 상을 주도록 하지."

국왕은 시종을 시켜 금화가 가득 든 주머니를 가져오도록 했다. 그리고 그 속에서 두 손 가득히 금화를 집어 올려 다르타냥의 호주머니에 직접 넣어 주었다.

"황공하옵니다, 폐하."

다르타냥은 너무나 큰 감격에 어찌할 바를 몰랐다. 그저 계속 고개를 조아리며 황공하다는 말만 되풀이하고 있었다.

"트레빌 대장, 총사대에 이 청년을 넣을 자리는 없나? 저런 용맹스러운 젊은이가 짐을 지켜 준다면 안심이 될 것 같은데."

"아직 나이가 많이 어리기에 우선 견습으로 복무하게 하고, 좀 더 경험이 쌓이면 정식으로 총사 지위를 내리는 것이 좋을 듯합니다."

"그래, 대장이 알아서 잘 대해 주게."

다르타냥과 삼총사는 먼저 알현실에서 물러났고, 트레빌은 루이 13세와 얼마간 환담을 나눈 뒤에 한 걸음 늦게 궁전에서 나왔다. 트레빌이 나와서 보니, 다르타냥은 상으로 받은 금화를 삼총사와 똑같이 나누어 가지고 있는 중이었다.

'저 녀석, 용기 있고 검술 실력만 뛰어난 줄 알았더니 마음씨도 착하고 욕심도 없군.'

트레빌은 흐뭇한 표정으로 다르타냥과 삼총사를 바라보았다.

그날 밤, 다르타냥과 삼총사는 파티를 열었다. 국왕을 알현한 영광과 다르타냥이 견습 총사가 된 것을 기념하는 파티였다. 네 사람은 술과 음식을 배 터지게 먹고 마시며 즐겁게 떠들었다. 삼총사는 용감하고 씩씩한 다르타냥이 무척 마음에 들었기 때문에, 나이는 어리지만 서로 마음을 털어놓는 친구가 되기로 했다. 다르타냥은 그 유명한 삼총사와 어깨를 나란히 할 수 있는 친구가 되었다는 사실이 너무나도 기뻤다.

"친구가 된 기념으로 자네에게 선물을 하지."

포르토스는 자신이 부리던 종졸 두 명 중 한 사람을 다르타냥에게 넘겨주었다.

"프랑슈, 오늘부터 이 젊은이를 주인으로 모시게. 어린 소년이지만 주사크를 꺾은 훌륭한 검사니 주인으로 모시기에 부족함이 없을 걸세."

다르타냥은 뜻밖의 이야기에 무척이나 당황했지만, 포르토스의 호의를 거절할 수가 없었다. 난생처음 대하는 종졸이기에 부담스럽기도 했고 별로 내키지도 않았지만, 프랑슈는 아주 충실한 종졸이었다.

"포르토스, 정말 고마워요."

다르타냥은 포르토스에게 깊은 감사의 뜻을 전했다. 그날 이후 다르타냥과 삼총사의 우정은 점점 더 두터워져 갔다.

그러던 어느 날이었다. 다락방에서 다르타냥과 프랑슈가 저녁 식사를 하고 있는데, 갑자기 집주인 보나슈가 다르타냥을 찾아왔다. 그는 프랑슈를 잠시 내보내 달라고 부탁하더니 다르타냥에게 굽실거리며 애원하기 시작했다.

"총사님이 뛰어난 검객이라는 소문을 듣고 부탁드릴 일이 있어서 이렇게 찾아오게 되었습니다."

"무슨 일이지요?"

"다름이 아니라 제 아내가 어떤 사람에게 그만 납치를 당하고 말았습니다. 어디로 잡혀갔는지 도저히 행방을 알 수가 없어서, 염치없지만 부탁을 드리지 않을 수 없게 되었습니다."

"납치요? 아니, 대체 무슨 일로 납치를 당한단 말입니까?"

다르타냥은 깜짝 놀라서 보나슈에게 물었다.

"사실 제 아내는 궁전에서 왕비님의 의복을 담당하는 시녀로 있습니다. 왕비님께서는 영리하다면서 제 아내를 무척 총애하셨고, 그런 까닭에 아내는 국가의 중대한 비밀도 많이 알고 있었답니다. 아마도 프랑스와 영국 관계에 대한 중요한 비밀을 알게 되어 납치를 당한 것 같습니다. 제 짐작이긴 하지만 분명 리슐리외 추기경님과 관계가 있을 겁니다."

"영국과의 관계 때문이라구요? 리슐리외 추기경님? 무슨 말인지 도통 못 알아듣겠소. 더 자세히 이야기해 줄 수 없소?"

"그럼 총사님을 믿고 모든 것을 솔직하게 말씀드리겠습니다. 총사님도 알고 계시겠지만, 리슐리외 추기경님께서는 영국과 전쟁을 벌이고 싶어하십니다. 하지만 왕비님께서는 전쟁을 반대하고 계시지요. 추기경님의 세력이 워낙 크기 때문에 국왕 폐하조차도 추기경님을 경계하고 있지만, 그분 앞에서는 별다른 반대를 하지 않는 것 같습니다. 그래서 폐하와 왕비님의 사이도 별로 좋지 못하고, 추기경님과 왕비님의 사이 역시 좋지 못하지요."

"그건 누구나 다 알고 있는 사실이 아닙니까?"

"네, 이제부터 말씀드릴 것이 정말 중요한 이야기입니다. 사실 왕비님께서는 스페인의 공주로, 폐하에게 시집오기 전부터 영국의 버킹엄 공작과 친밀한 사이였습니다. 그래서 왕비님은 어떻게 해서든지 전쟁을 막아 보고자 버킹엄 공작에게 편지를 보내곤 하셨습니다. 물론 버킹엄 공작도 왕비님에게 편지를 보냈지요. 하지만 아시다시피 지금 프랑스와 영국은 사이가 무척이나 좋지 않을뿐더러, 추기경님과 버킹엄 공작은 서로를 원수처럼 여기고 있습니다. 그래서 추기경님은 버킹엄 공작에게 가짜 편지를 보내 공작을 프랑스로 유인해서 해치거나, 왕비님을 곤란하게 만들려는 계획을 짜고 있는 것 같습니다."

"그게 정말이오?"

"예, 추기경님의 부하들이 왕비님에 대한 비밀을 캐내려고 아내를 납치한 게 틀림없습니다. 제발 부탁드립니다. 아내를 꼭 찾아 주십시오."

다르타냥이 생각하기에 납치된 여인은 평범한 시종이지만 이것은 분명 국가의 중대한 문제였다. 보나슈 부인을 구하는 것은 곧 왕비를 구하는 것이라고 할 수 있었다.

"부인이 납치되는 모습을 본 사람은 아무도 없었소?"

"납치되는 현장을 본 사람은 아무도 없습니다. 다만, 아내는 키가 크고 뺨에 칼자국이 있는 귀족 차림의 사나이가 자신을 노리고 있다고 늘 불안해하고 있었습니다."

"칼자국이 난 사나이? 아, 그랬었군. 그놈이 틀림없다. 이제야 무앙에서 그 여자와 나누었던 이야기가 무슨 뜻인지 알겠구나."

"아내를 납치한 사람이 누군지 알고 계십니까?"

"그렇소. 걱정하지 마시오. 이건 국가의 중대한 문제이니 꼭 부인을 찾도록 하겠소."

"감사합니다. 정말 감사합니다. 절 도와주신다니 총사님에게 보여 드릴 것이 하나 있습니다."

보나슈는 품속에서 편지를 한 통 꺼내 놓았다. 다르타냥은 단숨에 편지를 읽어 내려갔다.

아내를 찾는다면 네 목숨은 없어질 줄 알아라.

단 한 줄뿐이었지만 그보다 더 무서운 협박은 없었다. 다르타냥은 편지를 품속에 갈무리하며 보나슈에게 말했다.

"이 편지는 당분간 제가 맡아서 가지고 있겠습니다."

이때, 보나슈가 창밖을 급히 가리키며 소리를 질렀다.

"앗! 저기에 칼자국이 난 사나이가……."

다르타냥은 재빨리 고개를 돌려 창밖을 바라보았다. 창밖에는 칼자국이 난 사나이가 온몸을 망토로 감싼 채 다르타냥의 방을 힐끔거리며 거리를 걷고 있었다. 다르타냥은 잽싸게 칼을 집어 들고 밖으로 뛰쳐나갔다. 때마침 다르타냥의 방을 찾아오던 삼총사는 헐레벌떡 계단을 뛰어 내려오는 다르타냥과 부딪칠 뻔한 것을 간신히 피하면서 소리쳤다.

"뭐가 그리 급해서 난리법석을 떠는 거야?"

"칼자국이 난 녀석이야."

다르타냥은 인사도 없이 단 한마디만을 남기고 날쌔게 거리로 달려 나갔다. 삼총사는 다락방으로 올라와 다르타냥이 돌아오기만을 기다리고 있었다. 30분쯤 지났을 무렵, 그들은 다르타냥이 허탕을 치고 풀 죽은 모습으로 돌아오는 것을 보게 되었다.

"그 녀석은 늘 귀신처럼 사라져 버린단 말이야."

다르타냥은 칼을 침대 위로 내던지면서 투덜거렸다.

"뭐, 한두 번 당한 일도 아니지 않나?"

삼총사는 빙그레 웃으며 다르타냥을 바라보았다. 그러자 다르타냥은 삼총사에게 사태의 심각함을 이야기하기 시작했다. 그는 보나슈에게 전해 들었던 이야기와 함께 자신이 무앙에서 들었던 이야기까지 모든 것을 솔직하게 다 털어놓았다.

"정말 큰일이로군. 왕비님이 정말 불쌍하게 되셨어. 그나저나 그 칼자국이 난 사나이는 아무래도 리슐리외 추기경의 부하인 로쉬폴 백작인 것 같군."

아토스는 크게 한숨을 내쉬며 말했다.

"어찌 되었든 간에 한시라도 빨리 보나슈 부인을 찾아야 해요. 사태가 시급한 것 같아요."

다르타냥과 삼총사가 심각하게 이야기를 나누고 있는 사이, 밖이 소란스러워지기 시작하더니 보나슈가 겁에 질려서 방문을 박차고 뛰어 들어왔다.

"살려 주세요. 호위대원들이 저를 체포하러 왔어요."

말이 채 끝나기도 전에 호위대원 네 명이 다르타냥의 방에 모습을 나타냈다. 그들은 방 안에 다르타냥과 삼총사가 있는 것을 보고 움찔해서 기가 꺾인 목소리로 말했다.

"리슐리외 추기경님의 명령으로 보나슈를 체포하겠다."

삼총사는 일제히 칼자루로 손을 가져갔지만, 다르타냥만은 고개를 끄덕이며 보나슈를 호위대원들에게 떠밀었다.

"그럼 어서 잡아가시오. 이 사람은 명예로운 총사 견습생인 내게 방세를 재촉하고 있소. 그러니 어서 감옥에 집어넣어 주시오."

다르타냥은 천연덕스러운 표정으로 말했다. 한바탕 싸움이 벌어질 것을 예상했던 호위대원들은 어리둥절한 표정이었고, 삼총사 역시 갑작스러운 다르타냥의 변화에 놀란 표정이었다. 보나슈는 원망이 가득한 눈초리로 다르타냥을 쏘아보았다. 다르타냥은 보나슈의 옆으로 다가가 큰 소리로 욕설을 퍼붓기 시작하더니, 갑자기 그의 귀에 대고 나지막한 목소리로 귓속말을 했다.

"추기경과 호위대를 속이기 위한 것이니 조금만 참아요. 곧 구해 주겠소. 아까 했던 이야기는 절대로 입 밖에 내지 마시오!"

다르타냥은 보나슈의 멱살을 잡아채더니 호위대원들 앞으로 그를 다시 떠밀었다. 호위대원들은 여전히 어리둥절한 표정으로 보나슈를 끌고 방을 나갔다.

보나슈가 잡혀간 후 다르타냥은 방바닥의 널빤지를 한 장 떼어 아래층을 몰래 감시할 수 있도록 만들었다. 호위대원들이 보나슈를 잡아간 이상 분명히 집에 찾아오는 다른 사람들도 체포될 가능성이 있기 때문이었다. 또한 1층을 지키고 있는 호위대원들의 비밀 이야기도 들을 수 있었기에 다르타냥은 종졸 프랑슈와 교대로 계속 아래층을 감시하기 시작했다.

이튿날 저녁이 되자, 아래층에서 시끌벅적한 소리와 함께 여자의 비명 소리가 들려왔다. 잠시 한눈을 팔고 있던 다르타냥은 재빨리 구멍을 들여다보았다. 1층에서는 한 여인이 호위대원들과 심하게 다투고 있었다.

"당신들은 대체 누구죠? 난 이 집의 안주인이란 말이에요. 허락도 없이 남의 집에 숨어 있다가 집주인을 체포하겠다는 게 말이 된다고 생각해요?"

다르타냥은 그 여인이 보나슈의 아내가 틀림없다는 것을 깨닫고 귀를 기울였다.

"악! 무슨 짓이에요? 사람 살려요!"

아래층에서는 다툼이 더욱 격렬해진 것 같았다. 호위대원들이 완력을 쓰는 모양인지, 보나슈 부인은 크게 비명을 질러 대기 시작했다.

"프랑슈, 어서 아토스에게 가서 도와달라고 부탁하고 오게."

다르타냥은 창턱을 훌쩍 넘어 길거리로 뛰어내렸다. 그는 잽싸게 칼을 뽑아 들고 가게의 현관으로 달려갔다. 그곳에는 아름다운 부인이 온몸을 결박당한 채 입에 재갈을 물고 겁에 질린 얼굴을 하고 있었다. 보나슈 부인의 주위를 둘러싼 호위대원 네 명이 다르타냥을 바라보았다.

"네놈은 누구냐?"

"이 부인과 잘 아는 사람이다. 네 녀석들이야말로 왜 연약한 여성을 못살게 구는 거냐?"

"리슐리외 추기경님의 명령이시다. 네놈과는 상관없는 일이니, 목숨이 아깝다면 말로 할 때 조용히 물러나거라."

다르타냥은 상대방이 네 명이었지만 전혀 기죽지 않고 코웃음을 쳤다.

"흥, 어림없는 소리! 자, 덤벼라."

갑자기 방 안의 등불이 꺼지고, 날카로운 기합 소리와 함께 칼과 칼이 맞부딪치는 쇳소리가 들려왔다. 와당탕 하는 소리와 함께 방 안은 금세 난장판이 되어 버렸고, 보나슈 부인은 계속 비명을 질러 대고 있었다. 다르타냥은 적을 네 명이나 상대하면서도 전혀 힘든 기색을 보이지 않았다. 호위대원 중에서도 별 볼 일 없는 녀석들이었는지 상대의 검술 실력이 형편없었기 때문이다. 호위대원들은 다르타냥과 몇 차례 칼을 주고받은 후 모두 밖으로 도망쳐 버렸다.

"괜찮으십니까? 그놈들은 모두 다 도망갔으니 이제 안심하십시오."

다르타냥은 부인에게 다가가 재갈을 빼고 결박을 풀어 주었다.

"구해 주셔서 정말 감사드립니다. 그런데 당신은 누구시죠?"

"전 이 집 2층에 세 들어 살고 있는 다르타냥이라고 합니다. 그렇지 않아도 보나슈 씨에게 부인을 구해 달라는 부탁을 받았습니다. 아실지 모르겠지만 보나슈 씨도 벌써 호위대 녀석들에게 잡혀갔습니다."

다르타냥은 어리둥절한 표정을 짓고 있는 부인에게 자초지종을 다 이야기해 주었다.

"녀석들이 금방 다시 들이닥칠 겁니다. 여기는 위험하니 제 친구인 아토스의 집으로 가시죠. 그곳이라면 안전하게 몸을 숨기실 수 있을 겁니다."

"하지만 오늘 밤 여기서 귀한 분과 만나기로 약속을 했어요. 무슨 일이 있어도 그분을 꼭 뵈어야 해요."

"부인, 지금 한시가 급합니다. 빨리 아토스의 집으로 피하셔야 돼요. 언제 그놈들이 다시 들이닥칠지 몰라요. 아까는 저 혼자 막아 낼 수 있었지만, 호위대원들이 몰려오면 저도 막아 내기 힘듭니다."

다르타냥은 망설이는 부인의 손을 잡아채서 밖으로 뛰쳐나왔다. 어두운 밤길이라서 사람들의 얼굴이 잘 보이지 않았지만 경계를 늦출 수가 없었다. 언제 어디서 호위대원들이 덤벼들지 모르는 상황이었기 때문에 다르타냥은 조심스레 사방을 살피며 걸음을 재촉했다.

두 사람은 무사히 아토스의 집에 도착하게 되었다. 그런데 길이 엇갈린 모양인지 방 안에는 불이 모두 꺼져 있고, 문을 두드려도 아무런 대답이 없었다. 다르타냥은 아토스가 열쇠를 감춰 두는 창가로 가서 열쇠를 찾아, 문을 열고 부인과 함께 집에 들어갔다.

"전 아토스를 찾으러 다시 집으로 돌아가 봐야 할 것 같습니다. 부인께서는 일단 이곳에 계십시오. 금방 일을 처리하고 돌아올 테니 절대로 밖에 나가시면 안 됩니다. 부탁할 것이 있으면 지금 제게 말씀하십시오."

"알겠어요. 그럼 죄송하지만 궁전으로 가서 라폴트 씨에게 제가 여기 숨어 있다는 사실을 좀 알려 주세요."

다르타냥은 부인에게 인사를 하고 재빨리 궁전으로 달려갔다. 그는 라폴트를 만나 부인의 이야기를 전하고, 자신이 살고 있는 보나슈 씨의 집으로 뛰어가기 시작했다. 쉬지 않고 달린 탓에 숨이 가빠 왔지만, 다르타냥은 친구가 위험에 처해 있을지도 모른다는 걱정에 온 힘을 다해 달렸다.

그곳에 도착해 보니 대문은 활짝 열려 있었고 주변은 한층 더 어지럽혀져 있었다. 다르타냥은 자신이 떠난 이후 또 한 번 큰 싸움이 일어났다는 것을 알아차렸다. 그는 급히 밖으로 뛰어나와 주위를 둘러보았지만 아토스와 호위대원들의 모습은 찾을 수가 없었다.

"주인님! 큰일이 났습니다."

2층에서 구멍을 통해 아래층을 살펴보던 프랑슈는 방금 들어온 사람이 다르타냥이라는 것을 알고 급히 뛰어 내려왔다.

"무슨 일이냐? 아토스는 어떻게 되었지?"

"아토스 님께서 호위대원들에게 잡혀가셨습니다."

"뭐라고? 그럴 리가……."

다르타냥은 놀라지 않을 수 없었다. 아토스라면 아무리 많은 호위대원이 덤벼든다고 할지라도 쉽게 잡혀갈 리가 없기 때문이었다.

"아토스 님께서는 제 이야기를 듣자마자 저와 함께 이곳으로 달려오셨습니다. 그러나 이미 집에는 아무도 없었습니다. 그래서 주변을 살피던 도중 열 명이 넘는 호위대원이 갑자기 이곳에 들이닥쳤습니다. 그들은 리슐리외 추기경님의 명령이라며 다르타냥을 체포하겠다고 하더니 아토스 총사님을 에워싸고 칼을 뽑아 들었습니다. 그런데 어찌 된 일인지 아토스 님께서는 순순히 손을 들고 그 녀석들에게 붙잡혀 가신 겁니다."

이야기를 다 들은 다르타냥은 무릎을 탁 치며 아토스의 행동에 감탄을 했다. 아토스가 자신이 활동하기 쉽도록 일부러 대신 잡혀갔다는 것을 깨달았기 때문이다. 아무리 리슐리외 추기경일지라도 이름이 널리 알려진 삼총사에게 나쁜 짓을 할 수는 없었다. 더군다나 죄를 짓지도 않고 다르타냥 대신 붙잡혀 온 것이기에 오히려 그쪽에서 사과를 해야 하는 상황이었다. 다르타냥은 아토스의 깊은 생각에 탄복하지 않을 수 없었다.

다르타냥은 상황이 급박하게 돌아가게 되자, 프랑슈에게 보나슈 부인을 찾아오는 사람이 있으면 아토스의 집으로 데려오라는 말을 남기고 아토스의 집으로 향했다. 이 사건의 열쇠를 쥐고 있는 보나슈 부인의 안전이 최우선이라고 생각했기 때문이다. 그러나 아토스의 집에 들어선 다르타냥은 보나슈 부인이 사라졌다는 것을 알았다.

'이런, 또 납치를 당한 모양이구나!'

다르타냥은 안전하다고 믿었던 아토스의 집에서도 보나슈 부인이 납치를 당하게 되자, 크게 당황했다. 한밤중에 혼자서 부인을 찾는 것도 불가능하게 생각되었고, 그렇다고 아무것도 하지 않고 있을 수도 없는 노릇이었다. 그는 어찌해야 할지 모르는 채로 한참을 망설이다가 트레빌을 찾아가 모든 일을 털어 놓기로 했다. 스스로 모든 것을 처리하기에는 너무 중대한 사건 이기도 했고, 혹시라도 아토스에게 무슨 일이 생길까 걱정되었 기 때문이다.

밝혀지는 음모

다르타냥은 정신없이 트레빌의 저택을 향해 달리기 시작했다. 그런데 다리를 건너가려는 찰나, 그는 앞에 걸어가는 두 남녀의 모습을 보고 깜짝 놀랐다. 가로등 불빛에 비친 모습을 보니 여자는 틀림없는 보나슈 부인이었으며, 그 옆에 걷고 있는 남자는 총사의 옷을 입고 있었지만 다르타냥이 그토록 찾아 헤매던 로쉬폴 백작이 분명했다.

"비겁한 녀석, 총사로 변장하여 부인을 끌고 나왔구나. 오늘은 더 이상 도망치지 못한다."

다르타냥은 끓어오르는 분노를 참지 못하고 칼을 빼 들었다. 하지만 상대는 조용히 손을 내저을 뿐이었다.

"사람을 잘못 보신 것 같소. 길을 비켜 주시오."

"이 녀석이 끝까지 발뺌을 하는구나. 어서 칼을 빼라. 그렇지 않으면 내가 먼저 치겠다."

다르타냥은 흉흉한 기세로 상대방의 가슴을 겨누었다. 그러자 옆에 있던 보나슈 부인이 소리를 지르기 시작했다.

"그만하세요! 이분은 로쉬폴이라는 사람이 아니에요. 영국의 버킹엄 공작님이시란 말이에요."

다르타냥은 화들짝 놀라 몸을 움츠리며 뒤로 물러서고 말았다. 자세히 보니 키도 크고 생김새도 로쉬폴 백작과 비슷했지만, 전혀 다른 사람이었다. 그는 자신이 커다란 무례를 범했다는 사실을 알고 한쪽 무릎을 꿇고 용서를 빌기 시작했다.

"죄송합니다. 무례를 용서해 주십시오. 전 견습 총사인 다르타냥이라고 합니다. 왕비님의 신변을 걱정한 나머지 경솔한 짓을 저지르고 말았습니다."

"아닙니다. 내 얼굴을 모르고 있었으니 그럴 수도 있지요. 보아하니 용감한 무사 같은데 루브르 궁전까지 우리를 호위해 줄 수 있겠소?"

"무슨 일이 있더라도 반드시 각하를 안전하게 궁전까지 모셔다 드리도록 하겠습니다."

버킹엄 공작과 보나슈 부인은 다시 길을 재촉했다. 다르타냥은 조금 뒤에 떨어져 주위를 살피며 두 사람을 따라 걸었다. 깊은 밤중이어서 그런지 지나다니는 행인도 없었고, 호위대원들의 모습도 보이지 않았다. 세 사람은 무사히 궁전에 도착할 수 있었다.

그날 밤은 트레빌이 지휘하는 총사대가 왕궁을 지키고 있었다. 프랑스와 영국의 사이가 험악해졌기 때문에 총사들 모두 긴장한 상태로 철통같이 왕궁을 수비하고 있었다. 이런 사실을 알고 있는 보나슈 부인은 비밀리에 버킹엄 공작을 왕궁 안으로 데려가기 위해서 총사의 제복을 구해 입힌 것이었다.

궁전 뒷문까지 다다르자, 버킹엄 공작과 보나슈 부인은 다르타냥에게 감사의 인사를 하고 궁전 안으로 들어갔다. 공작은 부인의 안내를 받아 궁전 깊숙한 곳에 위치한 방에 들어가게 되었다.

"잠시만 기다려 주세요. 곧 왕비님께서 오실 겁니다."

부인은 말을 마치고 문밖으로 나가 자물쇠를 걸어 잠갔다. 공작은 침착하게 의자에 앉아 프랑스 왕궁에 도착하기까지 있었던 일을 되돌아보기 시작했다.

버킹엄 공작은 서른다섯 살이란 젊은 나이임에도 영국의 총리대신을 맡고 있는 훌륭한 정치가였다. 그는 영국 국왕에게 깊이 신임을 받고 있으며, 백성들에게서도 지지와 존경을 받고 있었다. 뿐만 아니라 잘생긴 외모에 탁월한 지혜와 뛰어난 검술 실력까지 갖추었기 때문에 프랑스에도 이름이 널리 알려져 있었다.

그는 리슐리외 추기경의 가짜 편지에 속아 수행원도 거느리지 않은 채 혈혈단신으로 프랑스에 오게 되었다. 오는 도중에 편지가 가짜라는 것을 알아차렸지만, 모험을 즐기는 성격이기 때문에 이 기회에 적의 계략을 이용해 프랑스 왕비를 만나려는 심산으로 이곳까지 다다르게 된 것이었다.

공작이 잠시 상념에 빠져 있는 사이, 커튼 뒤의 문이 열리며 아름다운 여성이 모습을 드러냈다. 그녀는 바로 프랑스의 도트리슈 왕비였다. 왕비는 맑고 아름다운 목소리로 공작에게 인사를 건넸다.

"위험을 무릅쓰고 여기까지 오시느라 정말 수고가 많으셨습니다. 편지를 보낸 사람이 제가 아니라는 것은 이미 알고 계실 테지요?"

"예, 오는 도중에 알게 되었습니다."

"리슐리외 추기경은 영국과의 전쟁을 바라고 있답니다. 그래서 항상 폐하에게도 전쟁을 일으킬 것을 부추기고 있어요. 저는 전쟁을 막기 위해서 애를 쓰고 있지만, 그 때문에 추기경과 폐하에게 미움을 받고 있답니다. 이제 제가 도움을 청할 곳은 공작님뿐이에요. 공작님께서는 영국의 실권을 가지고 계시잖아요. 지금 제 뜻을 알아줄 사람은 공작님밖에 없어요. 부디 공작님께서도 두 나라의 평화를 위해서 힘써 주셨으면 합니다."

도트리슈 왕비는 간절한 목소리로 공작에게 애원하기 시작했다. 비탄에 잠겨 있는 왕비의 한마디 한마디는 공작의 마음에도 크게 와 닿았다.

"물론입니다. 저 역시 평화를 사랑하는 마음은 왕비님 못지않습니다. 왕비님이 애쓰시는 만큼 저도 영국으로 돌아가서 두 나라 사이의 평화를 위해 온 힘을 다할 것을 굳게 맹세하겠습니다."

"공작님의 말씀을 들으니 이제야 제 마음이 조금이나마 진정되는 것 같습니다. 지금의 약속과 작별의 표시로 선물을 드리고 싶습니다."

왕비는 몸을 돌려 커튼 뒤로 사라지더니, 곧 장미나무로 만든 분홍색 상자를 들고 왔다. 뚜껑을 열자 그 속에서 찬란하게 빛을 내뿜는 다이아몬드 목걸이가 나왔다. 그것은 왕비의 생일날에 루이 13세가 선물한 것이었다. 그 목걸이는 작은 나라를 통째로 살 수 있을 정도로 귀하고 값비싼 것이었다. 왕비는 목걸이를 상자 속에 집어넣은 뒤, 공작에게 분홍색 상자를 내밀었다. 공작은 자신에게 선물한 목걸이가 얼마나 귀한 것인지 알고 있었기 때문에 진심으로 감격하게 되었다.

"이토록 귀한 것을……. 늘 이것을 바라보며 오늘의 약속을 잊지 않겠습니다."

공작은 왕비의 손에 공손하게 입을 맞추었다. 왕비는 환한 미소를 짓더니, 시녀와 함께 커튼 뒤로 사라졌다. 곧이어 보나슈 부인이 들어오더니 다시 공작을 안내하여 궁전 밖으로 데리고 나왔다. 왕비와 공작, 보나슈 부인 모두 비밀 회견이 성공적으로 이루어진 것을 몹시 기쁘게 생각했다. 그러나 그들이 방을 나간 뒤 구석의 커튼 뒤에서 몰래 나타난 그림자가 있었다. 정체를 알 수 없는 그림자는 비밀스러운 약속과 선물이 오간 것을 모두 지켜본 다음, 몰래 궁전을 빠져나왔다.

그 무렵, 다르타냥의 집 주인 보나슈는 호위대원들에게 잡혀 바스티유 감옥에 갇혀 있었다. 다르타냥이 곧 구해 주겠다고 약속했지만, 한 치 앞도 제대로 보이지 않을 만큼 깜깜한 지하 감방 속에서는 도저히 희망을 가질 수 없었다. 보나슈는 자신이 살아 있다는 것조차 잊은 채 그저 벌벌 떨고만 있었다. 그때, 갑자기 발소리가 들리기 시작하더니 철컥하는 소리와 함께 감방 문이 열렸다.

"따라와."

간수의 날카로운 목소리가 들려오자 보나슈는 후들거리는 다리로 감방을 빠져나왔다. 감방 문 앞에는 간수 두 사람이 보나슈를 노려보고 있었다.

'설마…… 사형을 당하는 건가?'

보나슈는 크게 좌절하여 그만 자리에 주저앉고 말았다. 간수들은 얼굴을 찡그리며 그의 엉덩이를 발로 걷어차기 시작했다.

"빨리 일어나서 따라오란 말이야."

보나슈는 간수들에게 이끌려 어디론가 걸어가기 시작했다. 그는 안뜰을 지나고 복도를 지나 구석에 있는 어두컴컴한 방에 떠밀려 들어갔다. 방 안에는 비쩍 마른 사나이 한 명이 의자에 앉아 서류를 뒤적이고 있었다.

"보나슈? 너는 네 아내와 함께 반란을 일으키려는 음모를 꾸미고 있지?"

조사관은 매서운 눈초리로 보나슈를 쏘아보았다.

"무슨 말씀이십니까? 전 그냥 장사꾼입니다. 음모라니요. 더군다나 제 아내는 누가 납치해 갔습니다."

"거짓말하지 마! 다르타냥이라는 놈과 짜고 몰래 숨겼다는 것을 다 알고 있어!"

"아닙니다. 정말 아닙니다. 아내가 사라져서 아내를 찾아 달라고 다르타냥에게 부탁한 것밖에는 없습니다."

보나슈는 벌벌 떨면서 황급히 손을 내저었다.

"거짓말하지 마. 다르타냥도 이미 이곳에 잡혀 들어와 있다. 호위대원들 몰래 네 아내를 빼돌렸지만 결국 잡혔단 말이야. 그러니 사실대로 이야기해. 다르타냥을 대면시키기 전에 말이야."

"제 아내를 빼돌렸다구요? 전 처음 듣는 일입니다. 정말입니다. 정말 믿어 주세요."

"도저히 안 되겠구만. 어이, 밖에 누구 없나? 어서 다르타냥을 이리로 데려와."

이윽고 간수들이 한 사람을 데리고 들어왔다.

"이래도 끝까지 모른 척할 테냐?"

보나슈는 처음 보는 사람이 다르타냥이라고 나타나자 어리둥절할 따름이었다.

"이 사람은 다르타냥이 아닙니다. 처음 보는 사람이에요. 다르타냥은 스무 살도 안 된 젊은이예요."

그러자 아토스도 가슴을 두드리며 소리치기 시작했다.

"나는 다르타냥이 아니오. 삼총사의 아토스란 말이오. 사람을 잘못 보고 억지로 죄를 뒤집어씌워 체포하다니. 이 사실을 트레빌 대장님께서 알게 되면 당신을 용서하지 않으실 거요."

조사관은 트레빌이란 이름을 듣자 안색이 흙빛으로 변했다.

그는 잔뜩 일그러진 표정으로 두 사람을 노려보더니 간수들을 불러 두 사람을 다시 감방에 가두라고 지시했다.

감방으로 돌아온 보나슈는 상황이 어떻게 돌아가는 것인지 도무지 짐작할 수가 없었다. 다르타냥이 아내를 빼돌렸다는 이야기도 처음 듣는 사실이었고, 다르타냥이라고 붙잡혀 온 사나이도 전혀 모르는 얼굴이었기 때문이다. 그는 점점 더 감옥에서 벗어나기는 틀렸다는 생각이 들기 시작했다. 보나슈는 괴로운 마음에 밤새도록 잠을 이루지 못했다.

이튿날 밤이 되자, 보나슈는 또다시 간수들에게 끌려 감방을 나오게 되었다. 그는 이 깊은 밤중에 자신을 불러내는 것이 이상하게만 여겨졌다.

'이번에는 정말 나를 죽이려는 건가?'

그는 불안한 마음에 어디로 가는 것인지 간수들에게 몇 번이나 물어보았지만, 간수들은 아무런 대답도 해 주지 않았다. 간수들은 바스티유 감옥 밖으로 보나슈를 데리고 나와 마차에 태운 뒤, 어두운 밤길을 달리기 시작했다. 보나슈는 잔뜩 겁을 집어먹고 창밖을 내다보았다. 과연 마차가 달리는 길은 파리에서 유명한 산포르 사형장으로 가는 길이었다. 그는 점점 안색이 나빠지기 시작하더니 곧 얼굴이 새파랗게 질렸다.

'여자면 여자답게 잠자코 집에 있을 것이지, 자기가 무슨 영

웅이라도 된 줄 알고 왕비님 편에서 이상한 일을 꾸미더니 결국
에는 죄 없는 나까지 죽게 만드는구나.'

보나슈는 아내에 대한 원망이 솟아오르기 시작했다. 하지만
아무리 원망해 보아도 이제는 돌이킬 수 없는 일이었다. 그는
모든 것을 체념하고 조용히 눈을 감았다.

그런데 한참이 지난 뒤에도 마차는 멈추지 않았다. 도착할 시
간이 지났는데도 마차가 계속 달려가자, 보나슈는 이상한 생각
이 들어 눈을 가늘게 뜨고 밖을 내다보았다. 뒤를 돌아보니 사
형장의 불빛이 점점 멀어져 가고 있었다.

'아……, 사형장이 아니구나.'

그는 안도의 한숨을 내쉬었다. 마차는 몇 군데 길을 돌더니
커다란 저택 앞에 멈추었다. 마차에서 끌려 내린 보나슈는 저택
깊숙한 곳에 있는 방으로 들어가게 되었다. 방 안은 온갖 장식
으로 화려하게 치장되어 있었다. 보나슈는 주위를 둘러보며 높
은 지위를 가진 사람이 살고 있는 곳이라는 생각에 바짝 긴장하
기 시작했다.

잠시 후, 거대한 문이 열리며 한 남자가 들어왔다. 그 남자는
넓고 반듯한 이마에 눈빛은 날카로웠으며, 위엄 있는 분위기를
풍기고 있었다. 보나슈로서는 알 도리가 없었지만, 이 사람이야
말로 전 유럽에 이름이 널리 알려진 리슐리외 추기경이었다. 추

기경은 커다란 책상 앞에 앉더니 서류를 뒤적거리기 시작했다.

"흠, 자네는 역모를 꾀하다가 붙잡혔구만?"

추기경은 날카로운 눈빛으로 보나슈의 전신을 훑어보았다.

"천만의 말씀입니다. 저는 단지 아내에게 몇 마디 말밖에는 들은 것이 없습니다. 역모라니요! 저 같은 놈이 어떻게 그런 일을 벌이겠습니까? 그리고 제 아내는 이미 다른 사람에게 납치되었습니다."

순간, 추기경의 눈이 번뜩였다.

"아내? 어떤 이야기를 들었지?"

"저……, 그게……."

보나슈는 망설이는 듯한 표정으로 어쩔 줄 몰라했다. 그러나 자신을 날카롭게 노려보는 추기경의 눈빛을 느끼고는 모든 것을 실토하기 시작했다.

"리슐리외 추기경이 왕비님과 영국의 버킹엄 공작을 해치려고 음모를 꾸미고 있답니다. 추기경이 가짜 편지를 영국으로 보내 공작을 파리로 꾀어낸 다음 왕비님과 함께 없애 버리려는 무서운 계획을 꾸미고 있다는 이야기였습니다."

"뭐라고? 자네 아내가 무엇이기에 그런 것까지 알고 있는 거지?"

"사실 제 아내는 왕비님의 총애를 받는 시녀입니다. 그래서 왕비님에 관련된 일은 누구보다 잘 알고 있죠. 아내는 일주일에 두 번 집에 돌아오는데, 아무래도 돌아오는 길에 그만 납치를 당하고 만 것 같습니다."

"그랬군. 누가 붙잡아 갔는지는 알고 있나?"

"이름은 모르지만 추기경의 부하인 것은 확실합니다. 분명 얼굴에 칼자국이 난 사나이였습니다. 아내가 전부터 항상 그 사나이가 자신을 노리고 있다고 불안해했으니까요."

"좋아, 네 아내를 찾아 주지. 자네는 한 달에 두세 번 씩 루브르 궁전으로 아내를 마중 나갔다고 하는데, 그럴 때는 곧장 집으로 돌아왔는가?"

"아닙니다. 아내는 항상 중간에 보질라르 거리 25번지의 마직물 가게에 들르곤 했습니다."

그때, 노크 소리가 나더니 문이 열리며 얼굴에 칼자국이 난 사나이, 로쉬폴 백작이 급한 발걸음으로 추기경에게 다가왔다. 보나슈는 로쉬폴의 얼굴을 보자마자 깜짝 놀라 자리에서 일어났다.

"바로 이놈입니다! 제 아내를 납치한 것이 바로 이 녀석입니다."

그러나 로쉬폴은 들은 척도 하지 않고 추기경의 곁으로 다가가 나지막한 목소리로 귓가에 무엇인가를 속삭였다. 로쉬폴이

손짓을 보내자 다른 호위대원들이 보나슈를 옆방으로 끌고 나갔다. 이윽고 방 안에 두 사람만 남게 되자, 로쉬폴은 추기경을 바라보며 급한 소식을 전하기 시작했다.

"추기경님, 중대한 사건이 발생했습니다. 왕비와 버킹엄 공작이 어젯밤 왕비의 별실에서 단둘이 회견을 가졌다고 합니다."

"뭣이? 공작이 벌써 루브르 궁전까지 도착했단 말이냐?"

"예, 왕비의 시녀로 있는 라노아 부인이 커튼 뒤에 숨어서 두 사람의 회견을 지켜보았답니다."

"그래, 무슨 이야기를 나누었지?"

"괘씸하게도 추기경님을 욕하며, 전쟁을 피하고 두 나라의 평화를 위해 노력하자는 내용이었습니다. 약속의 표시로 왕비는 공작에게 예전 폐하께서 선물하셨던 다이아몬드 목걸이를 선사했습니다."

"공식 석상에 모습을 나타낼 때는 늘 걸고 나오던 다이아몬드가 열두 개 박힌 그 목걸이 말인가?"

"예, 라노아 부인의 말에 의하면 분홍색 상자에 넣어서 같이 선물했답니다."

"일이 재미있게 돌아가는구만. 그래, 공작의 행방은 알아냈느냐?"

"죄송하지만 아직……."

"그렇다면 지금 즉시 보질라르 거리 25번지의 마직물 가게를 급습해 보아라. 공작은 분명 그곳에 숨어 있을 게다. 너무 늦어 버린 건 아닌지 모르겠군."

"혹시 모르니 지금 당장 달려가 보겠습니다. 그럼 전 이만."

로쉬폴은 인사를 마치자마자 칼자루를 움켜쥐고 급하게 밖으로 뛰쳐나갔다. 추기경은 턱을 괴고 잠시 생각에 잠겨 있다가 또다시 보나슈를 불러들였다.

"보나슈였던가? 자네는 여기서 나가고 싶겠지?"

"여부가 있겠습니까. 풀어 주시기만 한다면 뭐든지 다 하겠습니다. 정말입니다."

"그래, 아무리 살펴보아도 자네에게는 죄가 없는 것 같아. 오히려 나라를 생각하는 선량한 백성인데 아랫사람들이 실수를 한 것 같구만. 미안하네. 내 사과의 표시로 자네에게 선물을 하나 하지."

추기경은 책상 서랍에서 가죽으로 만든 주머니를 꺼내 건네주었다. 주머니 속에는 금화가 가득 들어 있었다. 묵직한 돈주머니를 받아 든 보나슈는 어리둥절한 표정으로 추기경을 바라보았다.

"그러고 보니 아직 내 소개도 하지 않았구만. 나는 리슐리외

라네. 자네와 자네 부인이 뭔가 오해를 하고 있는 모양인데, 나도 자네처럼 국가를 생각하는 선량한 백성일 뿐이라네."

추기경은 따뜻한 미소를 지으며 보나슈를 바라보았다. 보나슈는 말로만 듣던 리슐리외 추기경이 자신에게 선물을 주고 사과를 한다는 사실이 도무지 믿기지 않았다. 그도 그럴 것이 추기경은 보나슈 같은 일개 백성 따위는 순식간에 없애 버릴 수도 있을 만큼 강대한 권력을 가지고 있었기 때문이다. 높은 지위에 있으면서도 자신처럼 하찮은 사람에게 직접 용서를 구하는 모습을 보게 되자, 보나슈는 눈물을 글썽거리기 시작했다.

"추기경님, 정말 감사합니다. 풀어 주신 것만으로도 고마운 일인데, 이렇게 선물까지 해 주시다니……. 결코 이 은혜를 잊지 않겠습니다."

"아닐세. 당연히 해야 할 일을 한 것뿐이야. 자네가 기쁘게 받아 주니 내가 더 기쁘네. 그렇게까지 이야기한다면 손쉬운 일을 하나 부탁하고 싶은데 말이야."

"무슨 일이든 시켜만 주십시오. 목숨을 걸고 추기경님을 위해 일하겠습니다."

"그래. 내일 아침 일찍 자네를 풀어 줄 테니, 집으로 돌아가서 부인이 하는 이야기 중 궁궐과 관련된 이야기가 있으면 내게 전해 주는 거야. 할 수 있겠나?"

"정말 쉬운 일입니다. 아내에게 무슨 이야기라도 듣게 되면 당장 추기경님께 알려 드리겠습니다."

추기경은 만족스러운 듯 너털웃음을 터뜨리며 보나슈의 손을 잡았다.

"다만 한 가지 조심할 것은, 이 사실을 부인은 물론 어느 누구에게도 발설하면 안 되네. 이것은 자네와 나만이 알고 있는 국가의 중대한 비밀이야."

"아……, 추기경님과 저밖에 모르는 비밀……."

보나슈는 넋이 나간 표정으로 추기경을 쳐다보았다.

"그래, 자네는 이제 단순한 잡화상이 아니라 국가를 위해 큰일을 맡은 중요한 인물이 된 거야. 자네는 내 귀를 대신하는 막중한 임무를 맡고 있으니, 부디 국가를 위해 힘써 주길 바라네."

"예, 추기경님의 기대에 부응할 수 있도록 열심히 노력하겠습니다."

보나슈는 두근거리는 가슴을 안고 추기경의 저택을 빠져나왔다. 그는 추기경의 말처럼 자신이 국가의 비밀을 맡게 된 중요한 인물이라는 생각에 저절로 어깨에 힘이 들어갔다.

'내가 추기경님의 심복이 되다니…….'

방금 전까지 겁에 질려 벌벌 떨고 있었던 보나슈는 두둑한 돈주머니를 품에 넣은 채 위풍당당하게 걸음을 옮기기 시작했다.

보나슈가 돌아간 지 얼마 되지 않아 로쉬폴이 추기경의 방에 헐레벌떡 뛰어 들어왔다.

"호위대원들을 이끌고 보질라르 거리의 마직물 가게를 급습했지만, 각하의 말씀대로 이미 버킹엄 공작은 그곳을 떠난 뒤였습니다. 그는 닷새 동안 그곳에 숨어 있다가 오늘 아침에 떠났다고 합니다."

"음……, 너무 늦어 버렸어. 배를 타고 영국으로 가고 있겠구만."

"추격대를 보낼까요?"

"됐다. 이미 늦었어. 공연히 소란을 피워 봤자 오히려 우리에게 손해다. 밀라디는 지금 어디에 있지?"

"런던에서 상황을 살피고 있습니다."

"그녀에게 밀서를 보내야겠군. 자네는 빨리 밀서를 전달할 사람을 한 명 물색해 보게."

"알겠습니다, 각하."

로쉬폴이 방을 나가자, 리슐리외는 편지를 쓰기 시작했다.

밀라디, 지금 버킹엄 공작이 영국으로 돌아가고 있다. 너는 공작이 도착하기 전에 저택에 숨어 있다가 그가 가지고 있는 분홍색 상자를 찾아라. 상자 속에는 다이아몬드가 열두 개 박힌 목걸이가 있을 것이니 그중에서 다이아몬드 두 개를 훔쳐 내야 한다. 일을 마치는 즉시 내게 신속하게 보고하도록 해라.

리슐리외

편지는 밀봉되어 전령의 손에 넘어갔다. 전령이 떠나는 것을 지켜보는 리슐리외 추기경의 얼굴에 교활한 웃음이 떠올랐다. 로쉬폴은 의아한 표정으로 추기경의 얼굴을 바라보았다.

"무슨 계획을 하고 계시는지 여쭤 보아도 되겠습니까?"

"자네의 눈치라면 대충 짐작하고 있는 줄로 알았는데 말이야. 왕비가 겁도 없이 공작에게 목걸이를 줘 버렸으니, 곤란하게 만들어 줘야 하지 않겠나. 곧 폐하에게 아뢰어 큰 무도회를 여는 거야. 그리고 왕비가 그 목걸이를 하고 무도회에 나오도록 폐하에게 은밀하게 말씀드리는 거지."

"과연……. 왕비의 얼굴이 새파랗게 질리겠군요."

"그렇겠지. 아마 왕비는 공작에게 사람을 보내 목걸이를 다시 가져오려고 할 거야. 설령 시일에 맞게 가져온다고 하더라도 목걸이에는 다이아몬드가 두 개나 빠져 있으니 폐하께서 크게 진노하시겠지."

"그럼 폐하께서 왕비를 내쫓을 가능성이 높아지겠군요."

"바로 그거라네. 그만한 다이아몬드는 쉽게 구할 수도 없는 것이니, 끼워 맞출 수도 없는 노릇이야. 이제 왕비의 방해도 끝이야."

두 사람은 서로를 마주 보며 음흉하게 미소를 지었다.

다이아몬드 목걸이

다르타냥은 보나슈 부인으로부터 버킹엄 공작이 무사히 영국으로 돌아갔다는 소식을 듣고 크게 기뻐하였다. 이제 그에게 남은 일은 아토스를 구해 내는 것뿐이었다. 아토스가 호위대원들에게 끌려간 지 며칠이 지났는데도 아무런 소식이 없었기 때문이다. 다르타냥은 점점 아토스가 걱정되기 시작했다. 그는 트레빌을 찾아가 모든 사실을 자세히 보고하였다.

"뭐라고? 너희는 왜 그런 중대한 사실을 일찍 보고하지 않았느냐? 국왕 폐하의 안전을 책임지는 총사를 죄도 없이 제멋대로 체포하다니, 괘씸한 놈들!"

트레빌은 불같이 화를 내며 당장 말을 타고 궁궐로 달려갔다.

그는 국왕을 알현하여 억울하게 감옥에 갇혀 있는 아토스의 석방을 청원했다.

"리슐리외 추기경이 또 무슨 계략을 꾸미고 있는 건지……."

국왕은 불안한 마음에 혀를 차며 즉각 석방 명령을 내렸다. 그리하여 아토스는 무사히 집으로 돌아올 수 있게 되었다. 트레빌과 다르타냥, 포르토스, 아라미스를 비롯한 총사대 모두가 그의 복귀를 환영하며 축하했지만, 리슐리외 추기경만은 분한 기색을 감추지 못했다.

'트레빌 이놈, 사사건건 내 일을 방해하는구나.'

그는 혹시라도 트레빌의 총사대로 인해서 자기 계획이 틀어지게 될까 봐 전전긍긍하고 있었다. 특히 다르타냥은 이번 일에 깊이 관여하고 있었기 때문에 리슐리외의 입장에서 보면 다르타냥을 비롯한 삼총사와 트레빌은 눈엣가시였다. 아직 눈치채지는 못하고 있겠지만, 그들은 언제든지 자기 계획을 방해할 수 있는 사람들이었다. 추기경은 점점 초조한 마음이 커져 가는 것을 느낄 수 있었다.

그러는 사이에 런던으로 보냈던 전령이 밀라디의 답장을 가지고 리슐리외의 저택에 도착했다. 그는 머리끝부터 발끝까지 온통 먼지를 뒤집어쓴 채로 허겁지겁 달려와 편지를 내놓았다.

각하, 다이아몬드 두 알을 무사히 손에 넣었습니다. 이곳을 다 정리하고 나흘이나 닷새 뒤에 파리로 출발하도록 하겠습니다.

밀라디

편지를 읽고 난 리슐리외는 방금 전까지 고심하던 표정은 어디론가 사라지고 밝은 웃음만 얼굴에 남아 있었다. 그는 자신의 계획이 거의 성공했다는 생각에 주먹을 불끈 쥐었다.

'그래, 10월 1일 정도면 밀라디가 파리에 도착할 거야. 왕비 측이 혹시라도 목걸이를 가져올지 모르니 최대한 빨리 무도회를 열어야 해. 마침 10월 3일이 시청 축제일이니 그날 무도회를 열면 모든 것이 계획대로 된다.'

리슐리외는 곧바로 마차를 타고 루브르 궁전으로 향했다. 루이 13세는 왕비와 말싸움을 벌인 직후였기 때문에 심기가 불편하였다. 국왕은 아무도 만나고 싶지 않았으나, 추기경은 보고해야 할 중대한 사안이 있다며 고집을 꺾지 않았다.

"도대체 무슨 일이기에 꼭 오늘 이야기해야만 한다는 거요?"

국왕은 불쾌한 표정으로 리슐리외를 쳐다보았다.

"폐하, 실은 영국의 버킹엄 공작이 파리에 은밀하게 숨어 들어와 닷새 가량을 머물다가 오늘 아침에 영국으로 돌아갔습니다."

"뭣이? 버킹엄 공작이?"

루이 13세는 깜짝 놀란 표정이었다.

"아마도 폐하에게 반기를 들고 있는 국내의 신교도들과 에스파냐 인들을 규합하려는 목적인 것 같습니다. 제가 사람을 시켜 조사해 보았더니 높은 지위에 있는 인물과도 비밀리에 회견을 가졌다는 것이 밝혀졌습니다."

"높은 지위? 설마…… 왕비는 아니겠지?"

루이 13세는 왕비 도트리슈가 결혼 전부터 버킹엄 공작과 친밀한 사이였다는 것을 알고 있었다. 그는 몹시 기분이 상해 얼굴을 붉히며 인상을 잔뜩 찌푸렸다.

"누구를 만났는지는 정확하게 알 수 없었지만, 왕비님은 아닐 것이옵니다. 국민들에게는 저 때문에 폐하와 왕비님 사이가 나빠졌다고 알려져 있습니다만, 저는 폐하와 왕비님께서 한마음으로 나라의 안위를 걱정하고 계시다는 것을 믿고 있습니다."

리슐리외는 간곡한 어투로 이야기를 계속했다.

"쓸데없는 소문이기는 하나, 지금 같은 시기에는 온 백성이 일치단결해 조국의 앞날을 위해 힘써야 한다고 생각합니다. 그러기 위해서는 백성들에게 폐하와 왕비님의 단합된 모습을 보여 주는 것이 필요합니다. 마침 오는 10월 3일이 시청 축제일이니, 그때 폐하께서 친히 무도회를 개최하셔서 왕비님과 함께 나와 주신다면 궁전 사람들을 비롯한 온 백성이 모두 한마음, 한 뜻으로 단결할 수 있을 것입니다."

"오, 그것 참 좋은 생각이구려!"

"그리고 한 가지 더 아뢸 것이 있사옵니다. 시청 축제가 열리는 날 무도회에 참석하실 때, 폐하께서 예전에 선물하셨던 다이아몬드 목걸이를 왕비님이 하고 나오신다면 두 분이 훨씬 더 다정스러운 모습을 보여 줄 수 있을 거라고 생각됩니다."

"그래요. 그게 뭐 어려운 일이겠소. 내 왕비에게 말해 두도록 하겠소."

리슐리외는 청을 받아 준 국왕에게 깊이 감격하는 모습으로 거듭 감사를 표했다. 그러나 루이 13세를 바라보는 그의 얼굴에는 음흉한 미소가 서려 있었다.

국왕은 곧 왕비의 방으로 갔다. 왕비는 창가에 앉아 책을 읽고 있었다. 루이 13세는 부드럽게 미소를 지으면서 왕비 곁으로 다가갔다.

"왕비, 10월 3일에 시청 축제를 기념해 무도회를 열기로 했소. 그날 나와 함께 나가는 것이 어떻겠소?"

왕비는 춤추는 것을 싫어하는 루이 13세가 직접 자신을 찾아

와 무도회에 참석하자는 것이 이상하게 여겨졌다. 그녀는 고개를 갸웃거렸지만, 조금 전에 벌였던 말다툼에 대한 화해의 의미로 받아들이고 환하게 웃음을 띠며 기꺼이 국왕의 제의를 승낙했다.

"그래요. 오랜만에 함께 백성들에게 모습을 나타내는 것이니, 그날은 화려한 의상을 입도록 해요. 그리고 내가 지난번에 선물했던 그 다이아몬드 목걸이도 하고 나오도록 하세요."

그 이야기를 듣는 순간, 왕비는 깜짝 놀라 들고 있던 책을 바닥에 떨어뜨릴 뻔했다. 그녀의 얼굴은 순식간에 새파랗게 질렸지만, 국왕은 전혀 눈치를 채지 못했다.

"예, 폐하. 알겠습니다."

국왕이 나간 뒤, 왕비는 망연자실한 표정으로 자리에 주저앉았다.

'아……, 어떻게 이런 일이……. 어떻게 해야 할지 모르겠구나.'

그녀는 고민에 휩싸여 두 손으로 얼굴을 감싼 채 고통스러워하고 있었다. 얼굴을 가리고 있는 그녀의 손가락 사이로 조금씩 눈물이 흘러내리기 시작했다. 그때, 누군가가 왕비의 등 뒤로 다가오더니 귓가에 나지막한 목소리로 속삭이기 시작했다.

"왕비님, 제게도 슬픔을 나누어 주십시오."

깜짝 놀라 뒤를 돌아보니, 공작을 왕비에게 안내했던 보나슈 부인이 안타까운 얼굴로 왕비를 바라보고 있었다.

"오, 보나슈 부인! 이를 어쩌면 좋아."

왕비는 충실한 시종인 보나슈 부인에게 모든 사실을 털어놓았다.

"왕비님, 너무 염려하지 않으셔도 될 것 같습니다. 무도회는 10월 3일이니 아직 충분히 시간이 있습니다. 그 사이에 은밀하게 전령을 보내 버킹엄 공작님에게 사정을 이야기하고 잠시 목걸이를 가져온다면 아무 일도 없을 겁니다."

그러나 보나슈 부인의 이야기를 듣고 난 후에도 왕비의 얼굴에서 어두운 그림자는 사라지지 않았다.

"좋은 생각이기는 하지만, 목숨이 위험할지도 모르는 어려운 일을 누가 맡으려고 하겠어?"

"그건 걱정 하지 마십시오. 제 남편에게 시키면 됩니다. 남편은 제 말이라면 뭐든 믿고 따르는 사람이니 분명 임무를 완수해 낼 수 있을 겁니다. 왕비님께서는 어서 공작님에게 보낼 편지를 써 주십시오."

왕비는 믿음직스러운 보나슈 부인을 바라보며 눈물을 글썽거렸다.

"정말 고마워. 저번 일도 그렇고, 반드시 자네를 잊지 않을

게."

왕비는 종이를 한 장 꺼내어 급하게 펜을 움직이기 시작했다.

버킹엄 공작님, 저는 지금 커다란 난관에 봉착해 있습니다. 염치없는 일이지만 앞서 선물로 드렸던 다이아몬드 목걸이를 잠시만 되돌려 주시길 바랍니다. 매우 급한 상황이기에 자세한 말씀을 드리지 못하는 것을 부디 넓은 아량으로 이해해 주셨으면 합니다. 이 편지를 전하는 전령에게 목걸이를 건네주십시오. 그 목걸이가 없다면 저는 파멸하게 될지도 모른답니다.

도트리슈 왕비

왕비는 떨리는 손으로 보나슈 부인에게 편지를 건네주었다. 보나슈 부인은 편지를 품속에 넣고 왕비의 손을 꼭 잡아 준 다음, 재빨리 왕궁을 빠져나왔다. 한시가 급한 상황이었기 때문에 부인은 서둘러 집으로 달려갔다.

"여보, 부탁이 있어요. 지금 당장 런던에 다녀와 주세요."

"런던? 느닷없이 거긴 무슨 일로?"

"어느 귀하신 분이 런던의 지체 높은 분에게 전하는 편지를 당신이 좀 맡아서 가져가 주세요."

"귀하신 분? 보나마나 왕비님이겠군. 당신 말이야, 아직도 왕비님과 함께 무슨 일을 꾸미고 있는 것 같은데, 당신도 정신 똑똑히 차려. 프랑스를 영국에 팔아넘기려는 편지일지도 모른단 말이야."

"제대로 알지도 못하면서 쓸데없는 소리 좀 하지 말아요. 내가 시키는 일이니 아무 소리 말고 그냥 좀 해 줘요. 한시가 급하니 지금 당장 출발해야 돼요."

보나슈는 아내의 이야기에 코웃음을 쳤다.

"흥! 당신의 말은 이제 듣지 않을 거야. 당신 때문에 내가 바스티유 감옥에 갇혔던 것을 그새 잊어버렸나 보지? 내가 감옥에 갇히고 나서도 당신은 그 왕비님 때문에 나를 거들떠보지도 않았지만, 리슐리외 추기경님께서는 친히 나를 구해 주셨어. 그분은 내게 나라를 위해 자신을 도와달라며 정중하게 부탁을 하셨단 말이야. 프랑스를 팔아먹으려는 편지 따위는 절대로 전할 수 없어!"

보나슈 부인은 갑자기 변한 남편의 태도에 큰 충격을 받았다. 뿐만 아니라 추기경과 남편 사이에 모종의 이야기가 오고 간 것을 알게 되자 더욱 놀라지 않을 수 없었다.

"당신, 추기경님을 만났어요?"

"그래, 그분은 미안하다면서 내게 금화를 듬뿍 주셨어."

보나슈는 책상 서랍에서 돈주머니를 꺼내 아내에게 보여 주었다.

"그뿐인 줄 알아? 그분께서 직접 내 손을 잡고 나라를 위해 도움이 되어 달라면서 친히 부탁을 하셨단 말이야. 이제 나는 시시한 잡화상 따위가 아냐! 추기경님의 말씀대로 나라를 위해 큰일을 맡은 중요한 인물이란 말이야!"

보나슈는 가슴을 탕탕 치며 큰 소리로 말했다.

"당신은 지금 추기경에게 속고 있는 거예요. 추기경은 당신을 이용해서 왕비님의 비밀을 알아낼 생각이라구요."

"듣기 싫어. 추기경님께서는 그러실 분이 아니야!"

"싫다면 하지 말아요. 이번 무도회에 쓰려고 영국에서 새로 유행하는 옷감을 한 벌 사다 달라는 것뿐이었어요. 다른 옷감으로 옷을 만들면 되니 상관없어요."

부인은 낭패스러운 기색을 숨기고 간신히 얼버무렸지만, 남편에게 편지 이야기를 꺼낸 것을 후회했다. 그녀는 자리에 앉아 남편을 대신해 편지를 전해 줄 사람을 생각하기 시작했다. 한편, 보나슈는 아내에게 어딘가 이상한 구석이 있다는 것을 눈치 챘다. 옷감을 한 벌 사 오려고 왕궁에서 급히 달려 나와 자신에게 몰래 부탁을 한다는 것이 수상하게 느껴졌기 때문이다.

'그래, 추기경님께서 수상하다고 생각되는 것은 모두 알려 달

라고 하셨지. 이거야말로 수상한 일이야. 지금 바로 알려 드려
야겠다.'

보나슈는 급히 외출용 모자를 눌러쓰고 밖으로 나갔다.

"당신과 이야기하느라 급한 약속을 잊고 있었군. 좀 나갔다
오겠소."

그는 부리나케 추기경의 저택으로 달려가기 시작했다. 부
인의 생각에 남편은 오늘 일을 알리기 위해 추기경에게 달려
가는 것이 분명했다. 그녀는 점점 더 불안해지고 초조해지기
시작했다.

'이를 어쩌면 좋지……'

그녀는 머리를 감싸 쥐고 깊은 고민에 빠졌으나 좀처럼 좋은
생각이 떠오르지 않았다. 그때, 갑자기 천장을 낮게 두드리는
소리가 들렸다. 깜짝 놀라 위를 쳐다보니, 천장 널빤지 하나가
들리면서 그 사이로 사람의 두 눈이 보였다.

"부인, 다르타냥입니다. 창밖을 내다보니 보나슈 씨는 지금
추기경의 저택으로 달려가고 있어요. 아무래도 추기경에게 매
수된 것 같아요. 지금 제가 아래층으로 내려갈 테니 잠시 기다
려 주세요."

부인은 얼른 골목으로 난 쪽문을 열어 주었다. 얼마 지나지
않아 다르타냥이 쪽문을 통해 안으로 들어섰다.

"부인, 단도직입적으로 말씀드리겠습니다. 그 심부름을 제가 하면 안 될까요? 전 트레빌 총사대장님의 부하입니다. 그러니 믿고 맡겨 주세요."

"다 듣고 계셨군요?"

"예, 널빤지를 조금 벌려 놓으면 아래층에서 일어나는 일은 뭐든지 알 수 있답니다. 이 집은 항상 추기경의 호위대가 감시하고 있기 때문에 저도 2층에서 녀석들의 행동을 살펴보고 있습니다. 부디 걱정 마시고, 제게 일을 맡겨 주세요. 총사의 명예를 걸고 반드시 임무를 완수하겠습니다."

"다르타냥 씨를 못 믿는 것은 아니지만, 이 편지가 잘못 전해지거나 추기경의 손에 들어가게 되면 저는 물론이고 왕비님까지 목숨이 위험해질지도 모른답니다. 다르타냥 씨의 목숨도 위험해요. 그만큼 위험하고 중요한 임무랍니다. 아직 소년티도 다 벗지 못한 당신이……."

"부인, 아직 어리긴 하지만 전 견습 총사입니다. 이미 프랑스를 위해서 폐하에게 충성을 바치기로 맹세한 몸입니다. 그런 걱정 마시고 제게 맡겨 주십시오. 이렇게 부탁드립니다."

다르타냥은 열성이 가득한 태도로 부인을 설득했다. 부인은 한동안 망설이다가 마침내 품에서 편지를 꺼내 다르타냥에게 건네주었다.

"좋아요, 다르타냥 씨를 믿어 보겠습니다. 화급을 다투는 일이니 적의 손에 빼앗기지 말고 반드시 임무를 수행해 내길 바라겠습니다."

부인은 편지를 건네며 그동안의 사연을 자세히 이야기해 주었다. 다르타냥은 심각한 표정으로 이야기를 전해 듣더니 주먹을 움켜쥐었다.

"걱정하지 마십시오. 반드시 10월 3일 전에 그 목걸이를 가져오겠습니다."

"꼭 그래 주셔야 합니다. 저, 여비가 필요하시죠? 이걸 가져가세요."

부인은 책상 서랍에서 보나슈가 추기경에게 받았다고 자랑하던 돈주머니를 꺼냈다.

"리슐리외 추기경은 자기가 준 돈이 왕비님을 위해 쓰이리라고는 생각도 못 했겠지요?"

두 사람은 서로 마주 보며 빙긋 웃었다. 그런데 갑자기 밖에서 발소리와 함께 인기척이 들려오기 시작했다. 다르타냥과 보나슈 부인은 움찔하고 놀라서 조심스레 창가로 다가갔다. 창밖으로 집을 향해 걸어오고 있는 보나슈와 로쉬폴의 모습이 보였다.

"일단 이쪽으로!"

다르타냥은 보나슈 부인을 이끌고 재빨리 2층으로 올라갔다. 그리고 널빤지를 살짝 벌려 아래층을 엿보기 시작했다. 아래층에서는 보나슈와 로쉬폴이 이야기를 나누고 있었다.

"이런, 놓쳐 버렸군. 그러기에 처음부터 자네가 런던으로 가는 척하고 편지를 받아 왔다면 이런 수고를 하지 않아도 되었잖은가. 쯧쯧, 편지만 가져왔다면 자네는 크게 한몫 잡을 수 있었을 텐데 말이야. 어쩌면 귀족이 되었을지도 모르는 일이지."

"귀족이요? 아, 제 생각이 짧았군요! 이놈의 여편네는 도대체 어딜 싸돌아다니는 건지, 원……. 백작님, 걱정 마십시오. 제가 반드시 아내를 찾아서 편지를 가져오도록 하겠습니다."

"글쎄? 내 생각에는 편지는 이미 떠난 것 같네만……. 아무튼 잘 해 보게."

로쉬폴은 보나슈의 어깨를 몇 번 두드려 주고 밖으로 나갔다. 로쉬폴이 떠난 후, 보나슈는 아내를 원망하면서 이리저리 집 안을 뒤져 보았지만 편지는 어디에도 없었다. 귀족이 될 수 있다는 말에 눈이 멀어 버린 보나슈는 재빨리 아내를 찾아 왕궁으로 달려가기 시작했다. 그 광경을 2층에서 엿보고 있던 보나슈 부인은 크게 충격을 받았다.

"설마 남편이 추기경의 앞잡이가 될 줄이야……."

다르타냥은 부인을 위로하려고 했지만 그녀는 앞으로의 일이 더욱 걱정되었다.

"분명 추기경의 호위대원들이 혈안이 되어 당신을 찾을 거예요. 부디 편지를 빼앗기지 않도록 조심해 주세요. 부탁드립니다."

"걱정 마십시오. 지금 곧 트레빌 대장님께 보고를 드리고 바로 출발하도록 하겠습니다. 부인께서도 모쪼록 몸조심하시고, 이젠 보나슈 씨도 믿을 수 없게 되었으니 항상 주변을 경계하십시오."

다르타냥은 부인에게 인사를 마치고 트레빌의 저택을 향해 달려가기 시작했다.

추격전

저택에 당도하자 다르타냥은 급히 트레빌을 찾았다.

"대장님! 드릴 말씀이 있습니다. 제게 열흘만 휴가를 주십시오. 무척 중대하고 시급한 일입니다."

"아니, 대체 무슨 일이냐? 보자마자 다짜고짜 휴가를 달라니……. 일단 이야기부터 해 보거라. 나도 무슨 일인지 알아야 자네에게 휴가를 줄 것이 아닌가?"

"왕비님과 관련된 일입니다. 왕비님의 목숨이 달려 있는 중대한 비밀입니다."

다르타냥은 자세한 속사정을 이야기하려고 했으나 트레빌의 제지를 받았다.

"왕비님과 관련된 비밀이라면 말하지 않아도 좋다. 원래 비밀이라는 것은 말하는 것이 아닌 법이야. 왕비님의 허락이 없었는데 내가 임의로 들을 수는 없지. 다만 자네의 기색을 보니 쉽지 않은 일 같군. 혼자서는 위험할 테니 삼총사와 같이 가도록 해라."

"대장님, 정말 감사합니다."

"그래, 왕비님과 관련된 일이라면 호위대가 자네들을 괴롭힐 게 분명하겠구만. 조심하도록 해. 그리고 자네와 삼총사에겐 보름씩 휴가를 줄 테니 무사히 임무를 성공시키도록."

트레빌은 그 자리에서 네 명에게 휴가증을 써 주었다.

"여비는 충분히 있나?"

다르타냥은 환하게 웃으며 가죽 주머니를 흔들어 보였다. 그러자 묵직한 주머니 속에서 금화가 쨍그랑거리는 소리가 들려왔다.

"그래, 어서 출발하도록 해라. 다치지 않도록 항상 조심해야 한다."

트레빌은 다르타냥의 손을 꼭 잡아 주었다. 다르타냥은 진심으로 자신을 걱정해 주는 트레빌에게 정중하게 인사를 하고 곧장 아토스의 집으로 달려갔다.

아토스의 집에는 포르토스와 아라미스가 놀러 와 트럼프 놀이를 하고 있었다. 다르타냥은 테이블 위에 휴가증 네 장을 내려놓았다.

"응? 다르타냥, 갑자기 이게 뭔가?"

세 사람 모두 어리둥절한 표정으로 다르타냥을 바라보았다.

"아주 급한 일이 생겼습니다. 어느 고귀한 분의 생사가 걸린 일 때문에 런던까지 다녀와야 하는데, 대장님께서 저 혼자는 위험하다면서 삼총사와 동행하라고 명령하셨어요. 부탁이니 어떤 일인지는 묻지 말아 주세요. 지금 당장 떠나야만 해요."

삼총사는 당황한 표정으로 제각기 한마디씩 내뱉었다.

"뭐야, 영문도 모른 채 런던까지 여행을 다녀오라는 거야?"

"그래, 런던까지 갈 여비도 없단 말이야."

"우리 네 사람은 한 몸, 한마음이라고 얘기했잖아요. 여비는 저한테 넉넉하게 있으니 걱정 마세요."

다르타냥은 품속에서 주머니를 꺼내 테이블 위에 금화를 잔뜩 쏟아 놓았다.

"자, 우선 이 돈을 공평하게 4등분하도록 하죠. 이 정도면 여비는 충분할 거예요."

세 사람은 테이블 위에 수북이 쌓인 금화를 보고 눈이 휘둥그레졌다.

"이렇게 많은 돈이 어디서 난 거야? 도대체 무슨 일이지?"

"비밀 편지를 전하는 일이에요. 왕비님의 목숨이 달려 있습니다. 아마도 굉장히 위험한 여행이 될 것 같아요. 호위대원 녀석들과 로쉬폴인가 하는 녀석도 분명 우리를 노리고 있을 거예요."

세 사람은 왕비의 목숨이 달려 있다는 이야기를 듣자, 얼굴빛이 새파래졌다.

"왕비님의 목숨이 달려 있다니……. 좋아, 빨리 떠나도록 하세!"

"좋아요! 그럼 이따가 새벽 2시, 아토스의 집 앞에서 만나기로 하죠. 칼과 권총, 말, 그리고 종졸 한 사람씩을 데리고 오는 겁니다."

"그래, 좋아!"

10월 3일까지는 반드시 파리로 되돌아와야 합니다. 그렇지 않으면 왕비님은 끝장이에요. 일단 오늘 밤은 칼레 항구까지 말을 타고 달리는 걸로 하죠. 그리고 혹시라도 여행 도중에 제가 쓰러지게 되면, 남은 사람이 제 안주머니에서 편지를 꺼내서 임무를 완수해 주세요."

"이거 정말 흥미진진하겠는데? 좋아, 비밀 편지를 가지고 있는 다르타냥이 이번 여행의 대장을 맡도록 해. 모두 괜찮지?"

다들 힘차게 고개를 끄덕였다. 다르타냥은 자신을 믿고 기꺼이 따라 주는 삼총사가 믿음직스럽게 느껴졌다.

"좋아요! 자, 그럼 모두 2시에 다시 이곳에서 만나기로 해요."

다르타냥과 삼총사는 각자 집으로 돌아가 여행 준비를 하기 시작했다. 그리고 시간이 지나 새벽 2시가 다 될 무렵, 네 사람은 각각 종졸을 데리고 무장을 한 채로 아토스의 집 앞에 모였다.

"다들 늦지 않았군요. 좋습니다. 자, 그럼 이제 모두 출발!"

다르타냥의 힘찬 외침과 함께 말 여덟 마리가 총사와 종졸을 태우고 일제히 거리를 내달리기 시작했다. 파리에서 칼레 항구까지는 300킬로미터가 넘는 긴 여정이기 때문에 다르타냥과 일행은 말에 박차를 가했다.

"시간 안에 칼레 항구에 도착해야 합니다."

밤하늘에는 별이 반짝이고 있었다. 다르타냥과 삼총사, 종졸들은 쏜살같이 길을 달리면서도 주위 기척을 세심하게 살폈다. 어두운 밤중이라 인기척이 전혀 없었지만, 언제 어디서 호위대원들이 급습할지 모르는 일이었다. 그들은 대열을 맞추어 주위를 살피면서 전속력으로 밤길을 달려갔다.

이윽고 동녘 하늘이 빨갛게 물들어 올 때쯤이 되자, 다르타냥 일행은 샹티의 주막촌에 도착할 수 있었다. 쉬지 않고 밤길을 달려온 탓에 사람도 말도 모두 지쳐 있는 상태였다. 이들은 땀도 식히고, 말도 쉬게 하려는 생각으로 잠시 주막 앞에 말을 세웠다.

"안장은 절대 내리지 마. 언제라도 탈 수 있도록 준비해 둬."

다르타냥과 삼총사는 종졸들에게 뒷일을 부탁하고 안으로 들어섰다. 그들은 식당 구석에 놓인 커다란 테이블에 앉았다. 식당 안에는 다른 손님은 없고, 몸집이 큰 검사 한 명이 혼자서 맥주를 들이켜고 있었다. 그는 다르타냥 일행을 보자 한 손에는 술병을, 다른 손에는 술잔을 들고 옆자리로 다가왔다.

"어디로 가시는 분들인지는 모르겠지만 새벽부터 수고가 많으시군요. 머지않아 영국과 전쟁이 벌어진다고 하던데, 우리 같은 검사들이 앞장서야 하지 않겠소?"

검사는 술이 몹시 취했는지 비틀거리면서 이야기를 계속했다.

"자, 여러분. 그런 뜻에서 우리 리슐리외 추기경님의 건강을 축원하며 건배를 합시다."

"추기경? 그 전에 국왕 폐하의 건강을 축원하는 게 도리인 것 같군."

포르토스는 못마땅한 표정으로 사내를 쏘아보았다.

"폐하? 글쎄, 프랑스에 폐하가 있었나? 이름만 들어 봤지, 도무지 뭘 하고 있는지 알 수가 없어서 말이야."

그 말을 들은 포르토스는 안색이 변하더니, 누가 말릴 틈도 없이 술병을 들어 검사의 얼굴을 내리쳤다.

"감히 건방지게……. 술이 취했다고 못 하는 말이 없구나."

검사는 술병으로 얼굴을 얻어맞게 되자, 재빨리 칼을 빼 들었다. 지금까지 술 취한 척했던 모습과는 달리 칼을 겨눈 검사에게서 빈틈없이 날카로운 기세가 느껴졌다.

"조심해! 적의 복병이다!"

포르토스도 잽싸게 칼을 빼 들고 검사 앞에 정면으로 마주 섰다. 둘 사이에는 팽팽한 신경전이 벌어지고 있었다.

"이곳은 포르토스에게 맡겨 두자고."

아토스의 권유에 따라, 다르타냥 일행은 포르토스와 그의 종졸을 남겨 두고 주막을 뛰쳐나와 말에 올라탔다. 그들은 또다시 칼레 항구를 향해 힘차게 달려가기 시작했다.

그렇게 한참을 달리던 도중 그들은 양쪽으로 숲이 우거진 오솔길 앞에 이르렀다. 길 저편에서는 사나이 열 명이 구덩이를 파고 흙을 나르며 길을 보수하고 있었다. 그런데 시골 사람들답지 않게 무척이나 서툰 솜씨로 일하는 것을 보니, 다르타냥과 일행을 막기 위해서 추기경이 보낸 사람들이 틀림없었다. 대열의 맨 앞에 위치한 아토스는 수상쩍은 기색을 눈치채고 뒤돌아보며 일행에게 주의를 주었다.

"앞쪽의 사나이들이 수상해. 아마 적일 거야. 재빨리 말을 달려 모두 그대로 뚫고 나가는 거야!"

일행은 모두 말에 채찍을 갈겼다. 그러자 말 여섯 필이 한꺼번에 크게 울부짖으며 번개처럼 앞으로 달려 나갔다. 그때, 맨 앞을 달리던 아토스를 향해 사나이 네 명이 짊어지고 오던 커다란 돌덩이를 굴렸다.

"조심해! 바위가 굴러온다!"

아토스는 깜짝 놀라 소리를 질렀다. 그러자 일행은 모두 말고삐를 힘껏 잡아당겨 무섭게 굴러오는 돌을 뛰어넘었다.

"놓치지 말고 총을 쏴라!"

바위를 무사히 뛰어넘어 오솔길을 내달리는 여섯 명에게 총알 세례가 퍼붓기 시작했다. 총알은 다르타냥의 모자를 꿰뚫더니, 그다음에는 아라미스의 어깻죽지를 관통했다. 빠르게 내달리는 아라미스의 어깨에서는 핏줄기가 솟아올랐다.

"아라미스!"

다르타냥과 아토스는 동시에 아라미스를 외쳤다. 뒤를 돌아보니 아라미스는 상처가 몹시 아픈지 간신히 말의 등에 매달려 있는 상태였다.

"나는 괜찮으니, 속도를 늦추지 말게."

아라미스는 자신을 걱정하는 동료들을 안심시켰다. 하지만 아라미스는 가까스로 말의 등짝에 엎드려 한 손으로 겨우 갈기를 붙잡은 채 달리고 있었다. 빠르게 내달리는 말 옆으로는 아라미스의 어깨에서 솟아나온 피가 줄줄 흘러내리고 있었다.

다르타냥 일행은 아라미스가 부상을 입었음에도 불구하고 속도를 늦추지 않은 까닭에, 가까스로 적의 추격을 벗어나 근처 여관에 도착할 수 있었다. 그들은 여관에서 잠시 말을 세우고 아라미스의 상태를 살폈다. 아라미스는 피를 너무 많이 흘린 나머지 얼굴이 창백해져 있었다. 그는 통증을 참기 위해서 이를 악물었지만 몹시 괴로운 듯 온몸을 벌벌 떨고 있었다.

"하는 수 없군. 아라미스는 이곳에 두고 가야겠어."

다르타냥과 아토스는 따뜻한 방에 아라미스를 눕히고 주인에게 부탁을 했다.

"돈은 넉넉하게 드릴 테니, 상처가 나을 때까지 잘 보살펴 주십시오."

그들은 부상당한 친구를 돌봐 주고 싶은 마음이 굴뚝같았지만, 그럴 겨를이 없었다. 자신들을 대신해 아라미스의 종졸만을 남겨 둔 채 네 사람은 다시 길을 재촉했다.

'아직 긴 여정이 남아 있는데 벌써 이 모양이라니……, 정말 큰일이야.'

다르타냥은 항구에 도착하지도 못했는데 일행이 반으로 줄

어들자 임무를 완수해 낼 수 있을지 걱정되기 시작했다. 앞으로도 많은 적과 만날 것이 뻔한데 자신과 아토스, 두 명의 종졸만으로 적들을 상대하기는 힘에 벅찬 일이기 때문이었다. 그들은 비장한 각오로 더욱 속력을 내어 길을 달렸다.

그렇게 한참을 달리고 난 후, 그들은 아미앙이라는 작은 마을에 도착하게 되었다. 거리 입구에는 '금백합장'이라는 커다란 현판이 반짝이는 여관이 있었다. 먼 길을 달려오느라고 모두 지친 상태였기 때문에, 그들은 하루만 여관에서 묵어가기로 결정했다. 말을 손질하기 위해 종졸들은 마구간으로 들어갔고, 다르타냥과 아토스는 여관 안으로 들어가 방을 잡았다.

"주인장, 우리는 일행이니 붙어 있는 방을 두 개 쓰도록 하겠습니다."

"정말 죄송합니다만, 지금 나란히 붙어 있는 방이 없습니다요."

여관 주인은 2층으로 올라가더니 다르타냥을 동쪽 끝 방으로, 아토스는 서쪽 끝 방으로 안내했다.

"방이 너무 멀리 떨어져 있지 않아요? 혹시 무슨 일이 생기게 되면 위험하겠는데요?"

"그래, 한방에서 같이 자는 게 좋겠어. 아무래도 수상한 느낌이 들어."

두 사람은 짐을 풀어 놓고 문을 잠그려고 했으나, 자물쇠가 부서져 문을 잠글 수가 없었다.

"문을 잠글 수가 없다니……, 정말 수상한데?"

때마침 다르타냥의 종졸 프랑슈가 들어왔다.

"글리모는 마구간에서 말들을 돌보며 잔다고 합니다. 주인님 께서는 어떻게 하시겠습니까?"

"난 아토스와 함께 이 방에서 잘 거야. 자네도 다른 방에서 푹 쉬도록 해. 단, 자물쇠가 고장 나서 문이 잠기지 않으니 조심해 야 해."

"그렇습니까? 자고 있는 동안 무슨 일이 생길지 모르니, 그럼 저도 이곳에서 문에 기대어 자도록 하겠습니다."

프랑슈는 등을 문에 바짝 붙이고 기대어 앉았다. 프랑슈의 몸 이 문빗장 구실을 하는 덕분에 다르타냥과 아토스는 마음 편히 침대에 몸을 뉘였다. 이윽고 세 사람은 금세 깊은 잠에 빠져들 었다.

아래층의 시계가 새벽 2시를 알리고 난 직후, 갑자기 문에 기 대어 자고 있던 프랑슈의 몸이 밀리기 시작했다. 프랑슈는 깜짝 놀라 눈을 뜨고 문을 열어젖혔다. 그러자 복도에 서 있던 여관 주인이 방 안으로 굴러 들어왔다.

"깊은 밤중에 도대체 무슨 일이냐!"

프랑슈는 주인의 멱살을 잡아채고 위협하기 시작했다.

"아니, 저는 그저 화재가 일어날까 봐 여기저기를 둘러보던 중이었습니다."

주인은 멱살을 뿌리치고 꽁무니가 빠지도록 황급히 뛰어 내려갔다. 주인의 수상쩍은 행동에 다르타냥 일행은 바짝 긴장했지만, 프랑슈가 문에 기대어 자면 별 탈 없을 거라는 생각에 다시 잠을 청했다.

그런데 얼마 지나지 않아, 이번에는 마구간에서 무엇인가 무거운 것이 쓰러지는 소리가 나더니 말들이 울어 대기 시작했다. 깜짝 놀란 세 사람은 잠에서 깨어 칼을 빼 들고 마구간으로 달려갔다. 마구간에는 말을 지키며 자던 글리모가 뒤통수를 감싸 쥔 채 쓰러져 있었다.

"잠을 자고 있는데 갑자기 누군가에게 뒤통수를 얻어맞아 잠시 정신을 잃고 말았습니다."

네 사람은 추기경의 부하들이 자신들을 노리고 있다는 사실을 알아차릴 수 있었다.

"이곳에서 빨리 떠나는 게 좋겠어. 내가 계산을 하고 올 테니 떠날 채비를 갖추고 있어."

아토스는 여관 주인을 찾아 안으로 들어갔다.

"우린 지금 떠날 거니, 계산을 해 주시구려."

아토스는 품에서 금화를 꺼내 건네주었다. 그런데 주인은 금화를 살펴보더니 갑자기 큰 소리로 외쳤다.

"가짜 돈이다! 가짜 돈을 쓰는 놈들이 나타났다! 모두 이 녀석들을 붙잡아라!"

여관 주인의 말을 신호로 무장한 사나이 네댓 명이 우르르 나타나 아토스에게 달려들었다. 아토스는 재빨리 권총을 쏘아 대면서 밖을 향해 외쳤다.

"다르타냥, 복병이야! 여긴 내게 맡기고 빨리 프랑슈와 이곳을 빠져나가!"

다르타냥과 프랑슈는 잽싸게 말에 뛰어올라 여관을 뛰쳐나왔다. 그들은 뒤를 돌아볼 틈도 없이 거리를 달리기 시작했다. 숲을 지나고, 고개를 넘고, 강을 건너면서 그들은 쉬지 않고 달렸다. 잠시 동안 식사를 하고 말에게 물을 먹일 때가 아니면, 다르타냥과 프랑슈는 결코 말을 세우지 않았다.

저녁놀이 아름답게 물들어 갈 무렵, 다르타냥과 프랑슈의 눈앞에는 도버 해협이 보이기 시작했다. 그러나 전속력으로 말을 몰아 달린 끝에 항구 어귀에 도착하자마자 말들은 피로를 이기지 못하고 그만 쓰러져 버리고 말았다.

킬로미터가 넘는 길을 용케 빨리 달려왔구나."

두 사람은 아쉬운 듯이 말의 콧잔등을 쓸어 주었다. 다르타냥과 프랑슈는 마을 사람들에게 쓰러진 말을 부탁하고는 항구로 걸어가기 시작했다.

항구는 부두를 드나드는 배들로 붐비고 있었다. 부둣가에는 돛대가 즐비하게 늘어서 있었으며, 짐을 싣고 내리는 사람들의 왁자지껄한 소리가 곳곳에서 들려오고 있었다.

"런던으로 가는 배를 찾아야 할 텐데 말이야."

"제가 알아보고 오겠습니다."

멀지 않은 곳에서 선장을 비롯한 선원 한 무리가 출항을 준비하는 듯 바쁘게 짐을 실어 나르고 있었다. 프랑슈는 목적지를 물어보려는 생각으로 선장에게 다가갔다. 그런데 그가 선장에게 말을 건네려는 찰나, 갑자기 검사 한 명과 그의 종졸이 나타나 재빨리 앞을 가로막았다. 그들은 먼 곳에서부터 급하게 달려왔는지 온몸에 먼지를 뒤집어쓰고 있었다. 검사는 프랑슈보다 한발 앞서 선장에게 다가가더니 날카로운 눈매를 번뜩이며 말을 건넸다.

"이 배는 영국으로 가는 건가?"

"그렇습니다만."

"그렇다면 나와 내 종졸이 배에 타도록 하겠다."

"기다려 주십시오. 오늘 아침 항만부에서 연락이 왔는데, 추기경님의 승선 허가증이 없는 분은 태우지 말라는 분부가 있었습니다."

검사는 품속에서 종이 한 장을 꺼내 흔들어 보였다.

"허가증이라면 여기 있다. 이제 됐나?"

"그럼 그 허가증에 항만부장의 서명을 받아 오십시오. 항만부는 저기 보이는 숲을 지나 언덕 위에 있습니다. 배는 10분 후에 출항할 예정이니 늦지 않게 오십시오."

검사는 종졸을 데리고 급히 항만부로 발걸음을 옮기기 시작했다. 옆에서 이 광경을 지켜보던 프랑슈는 다르타냥에게 달려가 모든 것을 이야기했다.

"어쩔 수 없군. 좋아, 프랑슈, 따라오게!"

다르타냥은 재빨리 앞에 가는 검사의 뒤를 쫓았다. 잠시 후, 검사가 인적이 드문 숲 속으로 들어가자 다르타냥은 옆으로 다가가 슬쩍 말을 걸었다.

"항만부로 가시는 모양이군요? 저도 급한 일이 있어서 서명을 받으러 가는 길인데 먼저 가면 안 되겠습니까?"

검사는 놀란 듯 옆을 쳐다보고는 무뚝뚝한 말투로 대답했다.

"미안하지만 나도 몹시 급한 일이 있소이다. 추기경님의 명령으로 가는 길이오."

"그러셨군요. 한데 저는 폐하의 명령으로 급히 가는 길이니 비켜 주시죠."

"뭐라고? 대체 네놈은 누구냐? 갑자기 나타나서 폐하의 명령이라니, 네놈의 허가증을 보여 봐라."

"허가증? 내 허가증은 네놈 주머니 속에 있다."

두 사람은 일제히 칼을 빼 들고 서로에게 달려들었다. 그러자 칼과 칼이 맞부딪치는 소리와 함께 여기저기에서 불꽃이 튀기 시작했다. 상대방은 대단한 검술을 갖고 있었다. 그는 다르타냥을 단숨에 베어 버릴 듯한 무서운 기세로 사방을 찔러 왔다. 하지만 다르타냥도 그에 못지않은 훌륭한 검사였다. 그는 이미 호위대의 주사크 대장을 이길 정도로 뛰어난 실력을 가지고 있었다. 특히 주변을 맴돌면서 공격하는 그의 검법은 당해 낼 사람이 거의 없었다. 몇 차례 격전 끝에 다르타냥의 칼끝은 상대방의 어깨와 가슴을 날카롭게 찔러 들어갔다.

"윽!"

상대방은 비명을 지르면서 그 자리에 그대로 쓰러져 버렸다. 주위를 둘러보니 프랑슈도 이미 검사의 종졸을 때려눕혀 나무에 매달아 놓고 있었다. 다르타냥은 잽싸게 검사의 주머니에서 허가증을 꺼낸 다음, 쓰러진 검사를 종졸과 함께 나무에 매달아 놓았다. 그들은 배가 떠날 시간이 촉박했기에 재빨리 항만부로 달려가 서명을 받았다.

승선 허가증

바르드 백작과 그의 종졸 뤼방의 승선을 허가한다.

추기경 리슐리외

항만부장은 허가증을 살펴보고는 만족한 듯이 고개를 끄덕이며 서명을 해 주었다.

"참, 백작님께서도 다르타냥이라는 녀석을 조심하십시오. 종졸과 함께 영국으로 건너가려고 하는 모양인데, 흉악한 녀석이라고 하더군요. 벌써 프랑스 곳곳에 체포 명령이 내려졌답니다. 하도 신출귀몰한 녀석인지라 좀처럼 행방을 알 수 없다는군요. 아마도 이곳에 올 확률이 높다고 하니 미리 조심하시는 게 좋을 것 같습니다."

"정말 고맙소. 다르타냥이라면 전에 파리에서 본 적이 있소이다."

다르타냥은 조금 전에 자신이 붙잡아 매달아 놓았던 사나이의 인상착의를 자세하게 설명해 주었다. 항만부장은 다르타냥의 마음 씀씀이가 무척이나 고마웠는지 자리에서 일어나 문 앞까지 배웅을 나왔다.

"감사합니다. 병사들에게 일러 단단히 지키고 있다가 꼭 체포하도록 하겠습니다. 백작님께서도 즐거운 여행이 되시길 바랍니다."

항만부장이 안으로 들어가자, 다르타냥과 프랑슈는 서로 마주 보며 호탕하게 웃음을 터뜨렸다. 두 사람은 허가증을 구하고 추기경의 부하까지 골탕을 먹였다는 사실에 오래간만에 통쾌한 감정을 느낄 수 있었다.

"배가 출발할 시간이 얼마 남지 않았습니다. 서둘러야겠습니다."

다르타냥과 프랑슈는 급히 선창가로 달려갔다. 그들이 도착할 때쯤 배는 막 떠날 준비를 끝내고 있었다.

"자, 여기 허가증에 서명을 받아 왔소."

"예, 좋습니다. 어서 타십시오. 그런데 혹시 다른 검사 분을 못 보셨습니까? 아까 이 배를 타겠다고 허가증에 서명을 받으러 갔는데 여태 오질 않는군요."

"아! 그 사람이라면 갑자기 급한 일이 생겼다고 내일 출발하겠다고 했소."

다르타냥은 능청스럽게 선장의 말을 받았다.

"그래요? 이상한 일이군요. 뭐, 아무튼 좋습니다. 그럼 이제 출발하도록 하지요."

선장은 배 위에서 분주하게 움직이고 있는 선원들에게 출항을 명령했다. 그러자 커다란 돛이 내려오고, 부두에 정박해 있던 배가 서서히 바다로 나아가기 시작했다. 돛은 거친 바람을 안고 흰 물보라를 일으키면서 점점 속력을 내어 바다 한가운데로 나오게 되었다.

다르타냥은 갑판 위에 서서 점점 멀어져 가는 항구를 바라보며 안도의 한숨을 내쉬었다. 생각해 보면 정말 아슬아슬하게 극적으로 이곳까지 올 수 있었다. 리슐리외 추기경이 허가증까지 발급하고, 프랑스 전역에 자신의 체포 명령을 내릴 줄은 꿈에도 몰랐다. 가까스로 한숨을 돌린 다르타냥은 모처럼 편안한 마음으로 마음껏 거친 바닷바람을 즐겼다.

그런데 갑자기 항구 뒷산에서 강렬한 빛이 번쩍번쩍하더니, 뒤이어 커다란 대포 소리가 세 번이나 귀청을 흔들었다. 다르타냥은 무엇인가 또 일이 일어났다는 불길한 예감에 휩싸여 선장에게 물어보았다.

"저건 무슨 소리요?"

"항구에 있는 모든 배의 출항을 정지한다는 신호입니다. 무슨 큰 사건이라도 생긴 모양이군요. 좀처럼 저러는 법이 없는데 말입니다."

"그럼 이 배도 되돌아가야 하는 거요?"

다르타냥의 얼굴은 흙빛으로 변했다.

"걱정 마십시오. 항구를 떠난 배는 관계없습니다. 저희는 이

대로 계속 영국으로 갑니다."

다르타냥은 선장의 이야기를 듣고 겨우 마음을 놓았다. 그는 곁에 서 있던 프랑슈의 어깨를 툭 치며 눈웃음을 보냈다. 그러자 프랑슈도 다르타냥의 마음을 알았는지 환한 미소를 지어 보였다. 두 사람은 곧 선실로 들어가 오랜만에 편안한 휴식을 즐기기 시작했다. 그러는 사이에 배는 영국의 도버 항을 향해 힘차게 나아가고 있었다.

버킹엄 공작과의 만남

다음 날 오전, 영국의 도버 항에 도착한 다르타냥과 프랑슈는 마차를 잡아타고 런던으로 향했다. 도버 항에서 런던까지는 마차로 4시간이 걸리는 거리였다. 그들은 마부를 재촉해 쏜살같이 런던을 향해 달려가기 시작했다.

두 사람 다 런던은 초행길이었다. 창밖으로 보이는 풍경은 모두 낯설기 그지없었다. 다르타냥은 어떻게 공작을 찾아가야 할지 막막하기만 했다. 그러나 버킹엄 공작은 영국에서 워낙 유명한 사람이었다. 리슐리외 추기경과 마찬가지로 그는 영국의 총리대신이었던 것이다. 그래서 마차를 모는 마부들은 모두 그의 저택을 알고 있었다. 그 덕분에 다르타냥과 프랑슈는 무사히 공작의 저택에 도착할 수 있었다.

"프랑스에서 공작님을 만나 뵙기 위해 온 사람입니다. 파리의 다리 위에서 공작님께 결투를 신청했던 젊은이라고 하시면 아마 기억하실 겁니다."

문지기는 안으로 들어가더니, 잠시 후에 공손한 태도로 두 사람을 공작에게 안내해 주었다. 다르타냥과 프랑슈는 커다란 서재 안으로 들어섰다.

"오, 다르타냥 군! 먼 길을 오시느라 정말 수고가 많았네. 한데 무슨 일로 연락도 없이 이렇게 급히 날 찾아왔소?"

버킹엄 공작은 갑작스러운 다르타냥의 내방이 뭔가 석연치 않은 듯 근심스러운 표정이었다.

"예, 각하. 사실 왕비님의 심부름으로 이곳까지 달려오게 되었습니다."

다르타냥은 목숨을 걸고 런던까지 가져온 비밀 편지를 공작에게 전했다. 그 자리에서 편지를 뜯어본 공작은 금세 얼굴빛이 달라졌다.

"왕비님 목숨이 위태롭다니? 도대체 그게 무슨 말인가?"

다르타냥은 프랑스의 국내 상황부터 리슐리외 추기경의 음모, 그로 인한 왕비의 위험까지 자신이 알고 있는 모든 것을 상세하게 이야기했다. 공작은 다르타냥의 이야기를 들으면서 연신 고개를 끄덕이더니, 다르타냥의 손을 마주 잡았다.

"그런 일이 있었구려. 왕비님도 왕비님이지만 다르타냥 군도 정말 고생이 많았소. 잠시 기다려 주시오. 내 곧 목걸이를 가져 오리다."

공작은 자리에서 일어나 옆방으로 들어갔다. 잠시 뒤, 그는 두 손에 분홍빛 작은 상자를 들고 다르타냥 앞으로 다가왔다.

"바로 이 상자 속에 다이아몬드 목걸이가 들어 있다오."

공작은 상자를 테이블에 내려놓고 살며시 뚜껑을 열었다. 그 러자 찬란한 빛이 반짝이는 다이아몬드 목걸이가 모습을 드러 냈다. 목걸이는 등불에 빛이 반사되어 붉게, 푸르게, 때로는 하 얗게 반짝이면서 보는 사람의 시선을 빼앗았다. 다르타냥과 프 랑슈는 황홀하게 빛나는 목걸이의 아름다움에 넋을 잃어버렸 다. 그런데 목걸이를 바라보던 버킹엄 공작이 갑자기 자지러질 듯이 놀랐다.

"아니, 이럴 수가? 다이아몬드가……, 다이아몬드가……."

다르타냥과 프랑슈는 의아한 표정으로 공작과 목걸이를 번 갈아 보다가 자신도 모르게 동시에 소리를 지르고 말았다.

"앗, 정말 다이아몬드가?"

공작을 비롯한 세 사람은 크게 당황했다.

"분명 도둑맞은 거야. 그렇지 않고서는 다이아몬드가 두 알

이나 빠질 리가 없어."

"공작님, 찬찬히 생각을 더듬어 보십시오. 이 방에 드나드는
사람은 공작님뿐인가요?"

"아닐세. 나 말고도 내 비서와 청소를 하는 하녀까지 총 세 사
람이야. 그러고 보니 열흘 전쯤 한 백작의 소개로 프랑스 출신
의 클라릭이란 하녀를 고용했다네. 그녀가 이 방을 청소하는 하
녀야."

다르타냥은 그 이야기를 듣는 순간, 예전에 무앙에서 만났던
로쉬폴과 밀라디의 얼굴이 머릿속을 스쳐 지나갔다.

"공작님, 혹시 그 하녀라는 사람은 금발에 파란 눈과 장밋빛
입술을 가진 스물서너 살 정도의 여자가 아닌가요?"

"맞네. 그런데 자네가 그걸 어떻게⋯⋯?"

"틀림없습니다. 다이아몬드를 훔쳐 간 사람은 바로 그 여자
일 겁니다. 그 여자는 밀라디라는 사람으로, 리슐리외 추기경의
첩자입니다."

공작은 즉시 비서를 불러 하녀를 데려오게 했다. 그렇지만 하
녀는 이미 어젯밤에 공작의 저택을 떠난 뒤였다.

"이런, 바보같이 당하다니!"

공작은 분함을 이기지 못하고 발을 동동 굴렀다. 다르타냥은
지금껏 목숨을 걸고 달려왔던 모든 노력이 물거품으로 돌아가

게 되자, 허탈한 표정을 감추지 못했다. 이젠 시청 축제일까지 목걸이를 가져간다고 해도 아무런 소용이 없었다. 다이아몬드가 두 알이나 빠진 목걸이를 걸고 나가 보았자, 루이 13세의 분노만 살 것은 눈에 보듯 뻔한 일이었다.

"시청 무도회가 언제라고 했나?"

10월 3일입니다만."

공작은 팔짱을 낀 채 방 안을 서성거리다가 자리에 앉아 편지를 한 통 쓰기 시작했다. 그러더니 곧 비서를 불러 편지를 건네주었다.

"자네는 바로 이걸 법무 대신에게 전하게. 내 명령 없이는 어떤 배라도 절대로 출항하지 못하게 신속히 조치를 취하라는 당부를 함께 전하도록 해. 그리고 보석 세공사 오렐리를 최대한 빨리 여기로 데려와 주게. 무척 중대하고 시급한 일이니 당장 시행하도록."

비서는 공작의 지시를 받고 급히 방을 나갔다. 옆에서 모든 것을 지켜보던 다르타냥은 공작의 신속한 대처에 감탄하였으나, 이미 틀린 일이라는 생각은 지울 수가 없었다.

"이렇게 힘을 써 주시니 감사할 따름입니다만, 밀라디가 어제 저녁에 저택을 떠났다면 이미 프랑스로 향하는 배를 타고 있지 않을까요?"

"그렇게 쉽게 배를 구하지는 못했을 거라네. 걱정 말게. 지금 이 시간부터 영국의 모든 항구에 출항 정지 명령을 내려 놓았으니, 다이아몬드가 추기경의 손에 들어가는 일은 없을 거라네."

공작은 리슐리외 추기경과 마찬가지로 총리대신이란 위치를 이용해 비상수단을 동원했던 것이다. 다르타냥은 칼레 항구에서의 일이 떠올라 자신도 모르게 흠칫 몸을 떨었다. 그러나 한편으로는 자신과 마찬가지로 밀라디도 이미 영국을 떠나는 배에 타고 있지는 않을지 걱정되기 시작했다.

그때, 서재 문이 열리더니 은빛 머리의 노인이 숨을 헐떡거리며 들어왔다. 그는 공손히 인사를 하고 나서 다르타냥과 공작의 곁으로 다가왔다.

"급하게 저를 찾으셨다는 이야기를 듣고 바로 달려왔습니다. 무슨 일이십니까?"

"오렐리 씨, 어서 오시구려. 다름이 아니라 이 목걸이 때문이라오."

공작은 아무 말 없이 다이아몬드 목걸이를 건넸다. 오렐리는 한참 동안 목걸이를 바라보다가 입을 열었다.

"아깝게도 다이아몬드가 두 알이나 빠져 있지만 정말 훌륭한 목걸이입니다."

"그렇소! 바로 그것 때문에 당신을 부른 것이라오. 세계 제일이라는 당신의 세공 솜씨라면 충분히 가능하겠지?"

"만드는 것은 문제가 아닙니다. 문제는 이 정도로 크고 훌륭한 다이아몬드를 구할 수 있느냐, 없느냐입니다. 한 달 정도 여유를 주신다면 어떻게든 한번 해 보도록 하겠습니다."

"한 달? 시간이 없어. 대가는 충분히 지불할 테니 모레 낮까지 어떻게 안 되겠나?"

오렐리는 아무 말도 없이 몸을 돌려 문 쪽으로 걸어 나갔다.

"오렐리! 제발 부탁이오. 사람의 목숨이 걸려 있는 일이라오."

그러자 오렐리는 몸을 돌려 공작을 뚫어지게 바라보았다.

"사람의 목숨이라고 하셨습니까?"

"그렇소. 몇 사람의 목숨이 달린 일이라오. 제발 부탁이니 모레 낮까지 만들어 줄 수 없겠소?"

오렐리는 걸음을 멈추고 허공을 바라보며 깊은 생각에 잠겼다.

"그 대신 부탁드릴 것이 있습니다. 공작님도 아시다시피 그 목걸이에 맞는 다이아몬드를 세공하기 위해서는 커다란 다이아몬드가 두 개 있어야 합니다. 다행스럽게도 저희 집에 대대로 내려오는 다이아몬드 원석이 하나 있습니다. 그것이라면 충분히 목걸이에 들어갈 다이아몬드 한 알을 만들 수 있을 겁니다. 문제는……."

"내가 할 수 있는 것이라면 뭐든지 들어주겠소. 말만 하시오."

"다른 다이아몬드 하나는 이 저택에 있습니다. 공작님의 어머니께서 생전에 저희 가게에서 다이아몬드 반지를 구입하신 적이 있는데, 그 반지에서 다이아몬드를 빼내어 세공하는 것만이 현재로서는 유일한 방법입니다. 다른 다이아몬드를 찾아 세공하기에는 이틀은 너무 부족합니다. 괜찮으시겠습니까?"

"물론이오! 어찌 반지가 사람의 목숨보다 귀하겠소. 내 당장 준비를 해 줄 터이니 바로 작업을 시작해 주시오. 목걸이를 밖으로 가지고 나가는 것은 위험하니 이 집에 작업장을 만들어 주겠소."

공작은 비서에게 지시해 빈방 하나를 오렐리가 쓸 수 있도록 해 주었다. 그러자 오렐리는 지하실에 놓아둔 원석과 세공에 필요한 도구 및 연장을 모두 옮겨 왔다.

"부디 시간에 맞춰 주시오. 내 비서 한 사람을 옆에 붙여 줄 테니, 심부름 시킬 것이 있으면 거리낌 없이 비서에게 말해 주시오."

오렐리는 공작의 배려에 감사를 표하고 곧바로 작업에 착수했다. 공작은 초조하게 오렐리를 바라보고 있는 다르타냥에게 다가섰다.

"오렐리는 세계 제일의 보석 세공사니 너무 걱정하지 않아도 될 거라네. 목걸이가 완성되면 또 먼 길을 달려야 하지 않겠는가. 그동안 푹 쉬어 두도록 하게."

다르타냥은 공작의 충고를 받아들였다. 불안하고 걱정스러운 마음은 여전했지만, 기다리는 것 이외에는 별다른 방법이 없었기 때문이다. 그는 오렐리가 다이아몬드를 세공하는 동안 충분히 휴식을 취했다.

이튿날, 오렐리는 약속 시간보다 1시간이나 앞서 목걸이를 완성했다. 이틀이나 밤을 꼬박 새워 일한 탓에 눈은 벌겋게 충혈되었고, 뺨은 더욱 홀쭉해져 있었다. 흰 머리카락은 이마 위로 어지럽게 흩어져 한눈에 보기에도 안쓰러운 모습이었다.

"최선을 다했습니다."

오렐리는 완성된 목걸이를 보여 주었다. 과연 목걸이의 비었던 자리에는 다이아몬드 두 알이 채워져 있었다. 다이아몬드 열두 개가 다 박힌 목걸이는 처음보다 더욱 아름답고 찬란한 빛을 내뿜고 있었다.

"오, 정말 대단한 솜씨요! 오히려 처음보다 더욱 아름다운 것 같소."

공작을 비롯한 모든 사람이 넋이 나간 듯 목걸이를 바라보았다.

"오렐리 씨 덕분에 많은 사람이 목숨을 구하게 되었구려. 사례비는 얼마든지 지불하겠소. 사양하지 말고 원하는 만큼 이야기해도 좋소."

"아닙니다. 저는 그저 세공비만 주시면 만족합니다. 제가 채워 넣은 목걸이가 다른 사람들의 목숨을 구할 수 있다는 것만으로도 충분히 기쁩니다. 사람의 목숨은 돈으로 살 수 있는 것이 아니지 않습니까."

오렐리는 공작의 제의를 거절하고 세공비만을 받아 집으로 돌아갔다.

"자, 다르타냥 군. 목걸이는 완성되었다네. 이제 늦지 않게 파리에 도착해 주게. 남은 일은 모두 자네에게 달려 있다네."

"감사합니다. 정말 감사합니다. 반드시 축제 전에 왕비님께 목걸이를 전해 드리도록 하겠습니다."

다르타냥은 연신 고개를 숙이며 공작에게 감사의 뜻을 전했다. 공작은 다이아몬드 목걸이가 담긴 상자와 편지 한 통을 가방에 넣어 다르타냥에게 건네주었다. 다르타냥은 가방을 받아 들자마자 급한 걸음으로 달려 나가려고 했다.

"이보게, 프랑스까지 어떻게 가려고 그러나?"

"아, 공작님께서 출항 정지 명령을 내리셨군요! 이를 어쩌지요?"

다르타냥은 금세 안색이 어두워졌다.

"걱정 말게. 자네를 위해 특별히 배를 준비해 두었다네. 런던 탑 앞의 선창가로 가면 상드 호의 선장이 자네를 기다리고 있을 거야. 그 선장에게 이 편지를 주면 프랑스의 생바렐리 항까지 자네를 데려다 줄 거라네. 그곳에 있는 여관에 들어가 주인에게 '포워드'라고 말하면 주인이 말을 내주면서 파리로 가는 비밀 통로를 알려 줄 거야. 그럼 자네는 그 말을 타고 파리로 가면 되네. 중간중간에 여관 네 군데에서 말을 바꿔 줄 테니, 늦지 않게 파리에 도착하길 바라겠네."

"공작님, 정말 감사합니다. 진심으로 감사드립니다."

다르타냥과 버킹엄 공작은 두 손을 마주 잡고 힘차게 악수를 나누었다. 작별 인사를 마친 다르타냥은 공작의 저택을 빠져나와 다이아몬드 목걸이가 들어 있는 가방을 품에 꼭 지니고 런던의 선창가로 달려갔다.

그곳에는 출항을 정지당한 배가 수십 척이나 정박해 있었다. 다르타냥은 많은 범선 중에서 커다란 돛대가 두 개 달려 있는 배를 발견했다. 그 범선이 바로 상드 호였다. 상드 호의 뱃머리에는 선장으로 보이는 듯한 사나이가 선창가 주위를 살펴보고 있었다. 다르타냥은 재빨리 선장에게 다가가 공작의 편지를 보여 주었다.

"알겠습니다. 빨리 타십시오. 바로 출항하도록 하겠습니다."

상드 호는 부둣가에 멈춰 서 있는 배들 사이를 빠져나와 바다로 향했다. 순풍이 불어와 커다란 두 개의 돛을 힘차게 밀기 시작하자 상드 호는 어느새 도버 해협을 가로지르기 시작했다.

다음 날 아침, 상드 호는 프랑스의 생바렐리 항에 도착했다. 다르타냥은 선장과 선원들에게 작별 인사를 하고 근처 여관을 찾기 시작했다. 숲 속으로 나 있는 길을 따라서 얼마쯤 걸어가자, 공작의 말대로 간판도 없는 초라한 여인숙 하나를 찾을 수 있었다.

그 여인숙은 선원들이 모이는 비밀 장소와 같은 곳이었다. 다르타냥은 선원들이 왁자지껄 떠들어 대며 술을 마시고 있는 여인숙 안으로 들어섰다. 다르타냥은 주인 곁으로 다가가 귓가에 대고 암호를 속삭였다.

"포워드."

주인은 깜짝 놀라 다르타냥을 빤히 쳐다보다가, 주위를 한번 둘러보고는 안뜰에 있는 마구간으로 안내했다. 마구간에는 종마 두 마리가 안장을 얹은 채로 투레질을 하고 있었다. 주인은 주변에 사람이 없는 것을 다시 한 번 확인하고는 다르타냥에게 나지막한 목소리로 이야기를 시작했다.

"저기 보이는 길을 똑바로 달려 브란지로 나간 뒤, 누프샤텔로 가도록 하시오. 그 거리에는 '황금의 솥'이라는 여인숙이 있소. 그 주인에게 암호를 말하면, 길을 가르쳐 주고 말도 바꿔 줄 겁니다."

다르타냥은 공작이 언제, 어떤 방법으로 이런 세력을 길러 놓았는지 그저 감탄할 뿐이었다. 비록 지금은 같은 목표를 가지고 있긴 하지만, 영국이 벌써 프랑스 곳곳에 이런 거점을 만들어 놓았다는 사실에 두려움마저 느낄 정도였다.

'정말 버킹엄 공작은 굉장하구나. 이런 통로까지 마련해 놓고 있을 줄이야. 지금은 이 비밀 통로를 내가 이용하고 있지만, 혹시라도 영국군이 이용하게 된다면 프랑스는 꼼짝없이 당하고 말겠어.'

하지만 눈앞에 닥친 일을 먼저 해결하는 것이 급선무였다. 다르타냥은 먼 미래의 일을 걱정할 여유가 없었다. 그는 재빨리 말을 타고 전속력으로 파리를 향해 달려가기 시작했다. 브란지에서 누프샤텔로, 누프샤텔에서 에쿠이 마을로, 에쿠이 마을에서 폰트아즈 마을에 이를 때까지 다르타냥은 계속 여인숙에 들러 말을 갈아탔다. 그 덕분에 말은 힘이 넘치고 있었으나, 정작 다르타냥은 먼 길을 달려오면서 조금도 쉬지 못했기 때문에 무척 힘들고 괴로웠다. 하지만 폰트아즈 마을에서 파리는 얼마 안되는 거리였다. 그는 다시 말을 갈아타고 온 힘을 다해 파리로 달려갔다.

마침내 다르타냥은 밤 9시가 다 되어 트레빌의 저택에 도착할 수 있었다. 온몸에 먼지를 뒤집어쓴 채 기진맥진한 상태로 다르타냥은 트레빌을 만났다.

"오, 다르타냥! 무사히 돌아왔구나!"

트레빌은 다르타냥을 보자마자 달려와 힘껏 껴안아 주었다. 다르타냥은 아버지처럼 자신을 걱정해 주는 트레빌이 무척 고마웠다.

"그래, 임무는 완수한 거겠지? 삼총사는 어떻게 되었나?"

"예, 다행스럽게도 임무를 완수할 수 있었습니다. 그런데 칼레 항구로 가는 길목마다 추기경의 부하들에게 습격을 당해 포르토스는 샹티에서, 아라미스는 크레부크레에서, 아토스는 아미앙에서 발목을 붙잡혔습니다."

"그 녀석들이라면 뭐 큰일을 당하지는 않았겠지."

"예, 일단 무도회가 끝나기 전까지는 왕비님을 호위하다가 무도회가 끝나면 모두를 찾으러 가 볼 생각입니다. 그럼, 전 이제 궁전으로 가서 왕비님에게 목걸이와 편지를 전해 드리도록 하겠습니다."

"위험할지도 모르니 총사 몇 명을 붙여 주겠네. 무사히 임무를 끝마치도록 하게."

다르타냥은 총사들의 호위를 받으면서 궁전으로 향했다. 혹시라도 호위대원들이 습격하지는 않을까 모두 긴장했지만 그런 일은 일어나지 않았다. 다르타냥은 아무 일 없이 궁전 뒷문에 당도해 보나슈 부인을 만났다.

"오, 해내셨군요!"

"예, 여기 있습니다."

다르타냥은 목걸이가 들어 있는 가방을 부인에게 건네주었다. 부인은 아무런 대답도 하지 못한 채 눈물만 글썽일 뿐이었다.

깨어진 음모

10월 3일, 시청 축제일이 되자 파리의 거리는 온통 축제를 즐기려는 사람들로 들끓기 시작했다. 루브르 궁전에서부터 시청에 이르는 길 양쪽에는 오색 등불이 아름답게 장식되어 있었고, 무도회가 열리는 시청의 안팎은 구석구석까지 화려하게 장식되어 있었다. 사람들은 전부 국왕과 왕비가 함께 참석한다는 무도회 이야기를 주고받으며 한껏 축제 분위기에 들떠 있었다.

해질 무렵이 되자, 각 교회당의 종이 일제히 울리더니 길에 걸린 오색 등불이 찬란하게 빛을 발하기 시작했다. 그리고 사람들의 엄청난 환호 속에서 무도회의 막이 올랐다. 무도회장에는 아름다운 음악이 연주되기 시작하더니, 국왕을 태운 마차가 천천히 무도회장을 향해 다가왔다. 그 뒤를 이어 왕비의 마차도 무도회장에 도착하였다. 먼저 국왕이 군중들 앞에 모습을 드러냈다.

"국왕 폐하 만세!"

사람들은 모두 환호성을 지르며 루이 13세를 맞이했다. 화려한 연회복을 입고 나타난 루이 13세는 한 손을 들어 많은 사람의 환호에 답해 주었다. 모든 사람의 시선이 국왕에게 쏠려 있는 그 순간, 갑자기 나타난 리슐리외 추기경이 국왕에게 다가가 조그만 상자 하나를 건넸다.

"폐하, 무도회에 참석하신 것을 기념하기 위해 제가 조그만 선물을 준비했사옵니다."

"정말 고맙소. 무슨 선물이오?"

국왕은 뚜껑을 열어 보았다. 상자 속에는 커다란 다이아몬드 두 개가 눈부시게 반짝이고 있었다. 루이 13세는 의아한 표정으로 추기경을 바라보았다.

"이건 다이아몬드가 아니오? 내게 보석을 선물하다니 무슨 뜻인지 모르겠구려. 보석이라면 나보다는 왕비에게 주는 편이 낫지 않겠소?"

"그 다이아몬드를 폐하께서 직접 왕비님께 드리시는 것이 좋을 것이라고 생각되어 그랬습니다. 이제 곧 왕비님께서 목걸이를 하고 나오실 텐데 아마도 다이아몬드가 두 알 빠져 있을 것이옵니다. 이 다이아몬드는 바로 그 목걸이에서 나온 것입니다."

"그럴 리가……. 분명히 목걸이에는 다이아몬드 열두 개가 박혀 있소."

"제 말을 믿지 못하시겠다면 직접 눈으로 확인해 보십시오. 두 개가 없어진 까닭을 들으신다면 아마 크게 놀라게 되실 겁니다."

수수께끼 같은 추기경의 말에 국왕은 고개를 갸웃거렸다. 아무런 이유도 없이 이런 일을 벌이지는 않을 거라는 생각에, 국왕은 왕비가 마차에서 나오기를 기다렸다. 이윽고 엄청난 함성 소리와 함께 왕비가 무도회장에 입장하였다. 더없이 화려한 복장에 아름다운 목걸이를 하고 나온 왕비는 하늘에서 내려온 천사와도 같은 모습이었다. 무도회장에 모인 사람들은 왕비의 눈부신 모습을 넋을 잃고 바라보았다.

루이 13세는 자기 곁으로 다가오는 왕비를 뚫어질 듯이 쳐다보았다. 그는 왕비의 가슴에 걸려 있는 다이아몬드 목걸이를 확인하고 직접 다이아몬드의 개수를 세어 보았다. 몇 번을 세어 보아도 틀림없이 다이아몬드 열두 개가 박혀 있었다.

"추기경, 어찌 된 일이오? 다이아몬드는 열두 개가 그대로 박혀 있지 않소?"

리슐리외는 깜짝 놀라 자신도 모르게 왕비의 목걸이에 박혀 있는 다이아몬드를 세어 보기 시작했다. 그 목걸이에는 분명히 다이아몬드가 열두 개 박혀 있었다.

국왕은 노여움에 가득 찬 목소리로 추기경을 추궁하기 시작했다.

"어떻게 된 일이오? 멀쩡한 목걸이에 다이아몬드가 빠졌다니……. 대체 추기경은 무슨 생각을 하고 있는 거요?"

리슐리외는 언뜻 대답할 말이 떠오르지 않았다. 그는 안색이 창백해지더니 두 손을 후들후들 떨기 시작했다.

"저…… 그게……, 제가 그만 아주 훌륭한 다이아몬드를 손에 넣은 나머지 왕비님의 목걸이에서 빠진 것이라고 착각한 모양입니다."

왕비는 입가에 야릇한 미소를 띠고 추기경에게 말을 건넸다.

"그럼, 제 목걸이에서 빠진 것으로 하고 다이아몬드를 제가 가져도 될까요?"

"무, 물론입니다."

"이렇게 크고 훌륭한 다이아몬드를 손에 넣기 위해 값비싼 희생을 치르셨을 텐데, 언제나 절 걱정해 주셔서 정말 감사드립니다."

리슐리외는 심장에 칼이 꽂힌 것같이 가슴이 뜨끔했다. 그는 아무렇지도 않게 미소를 지으려고 노력했지만, 이미 흙빛이 되어 버린 얼굴은 감춰지지 않았다.

다르타냥은 이 모든 광경을 관중석에서 지켜보고 있었다. 무사히 위험을 넘긴 왕비의 모습을 확인하자 그는 가슴이 뿌듯해짐을 느낄 수 있었다. 자신의 손으로 추기경의 음모를 분쇄한 것이 너무나도 자랑스럽게 느껴졌다. 그때, 검은 가면으로 얼굴을 가린 아리따운 여인이 다르타냥의 어깨를 두드렸다.

"당신을 부르십니다. 이쪽으로……."

그녀는 보나슈 부인이었다. 다르타냥은 부인의 뒤를 따라 건물 깊숙한 곳에 위치한 작은 방으로 안내되어 갔다.

"잠시 기다리세요."

부인은 다르타냥을 남겨 놓고 문밖으로 사라졌다. 어리둥절한 마음에 주위를 둘러보던 다르타냥은 보나슈 부인 뒤로 눈부시게 아름다운 여인이 방에 들어오는 것을 볼 수 있었다. 다르타냥은 그녀가 왕비라는 것을 눈치채고 소스라치게 놀라며 자세를 가다듬었다. 왕비는 다르타냥을 보고 상냥하게 미소 지으며 조용히 손을 내밀었다. 다르타냥은 두려운 마음으로 왕비에게 다가가, 한쪽 무릎을 꿇고 공손히 손등에 입을 맞추었다. 왕비는 아무런 말도 없이 다르타냥의 손에 무엇인가를 쥐어 주고는 홀연히 모습을 감추었다.

"축하드려요. 왕비님께서 직접 내리시는 상이랍니다."

손을 펴 보니 다이아몬드가 박힌 금반지가 눈부신 빛을 발하고 있었다. 다르타냥은 벅찬 감격을 안고 보나슈 부인의 안내를 받아 밖으로 빠져나왔다. 그는 한시바삐 이 일을 자랑하고 싶어서 단숨에 트레빌의 저택으로 달려갔다. 트레빌은 다르타냥을 반갑게 맞아 주었다.

"오, 다르타냥! 마침 잘 왔네. 자네에게 들려줄 소식이 하나 있어."

다르타냥이 왕비가 준 하사품을 자랑할 틈도 없이 트레빌은 새로운 소식을 전해 주었다.

"국왕 폐하의 특별 명령이 내려졌네. 자네를 견습 총사에서 정식 총사로 임명하라는 명령이야. 자, 여기 임명장이 있네. 다르타냥, 정말 축하하네!"

드디어 정식 총사가 되었다는 말에, 다르타냥은 너무 기쁜 나머지 꼼짝도 할 수 없었다. 연이은 경사에 그의 기분은 하늘을 날아갈 것만 같았다. 총사가 되겠다고 결심하고 고향을 떠나온 이후, 그가 겪었던 많은 일이 머릿속을 스쳐 가기 시작했다. 다르타냥은 금방이라도 눈물이 흘러내릴 것만 같았다.

"그런데 자네, 못 보던 반지를 끼고 있구만?"

"아! 이건 이번 일에 대한 상으로 왕비님께 받은 것입니다."

"이거 축하할 일이 또 하나 있었군. 정말 잘됐어! 그런데 말이야, 내가 자네의 기분을 깨려는 것은 아니지만 조심하는 게 좋을 거야. 리슐리외 추기경이 분명히 자네에게 복수를 하려고 벼르고 있을 테니, 그 반지는 남에게 보이지 않도록 하는 편이 나을 거라네. 마침 런던으로부터 좋은 말이 와 있으니 네 마리를 끌고 가서 삼총사를 데려오도록 하게. 잠시 몸을 숨기는 것이 현명할 거야. 아라미스의 어머니에게서 급한 편지가 와 있으니, 가는 길에 이것도 함께 전하도록 하게."

트레빌은 들떠 있는 다르타냥에게 세심한 충고를 아끼지 않았다. 어차피 자신 때문에 봉변을 당한 삼총사를 데려와야 했기에 다르타냥은 트레빌의 말에 따랐다.

다르타냥은 먼저 포르토스가 머물고 있는 샹티로 향했다. 앞선 여행길처럼 추기경의 복병들이 없었기 때문에 느긋한 마음으로 주위 경치를 살피며 여행을 즐길 수 있었다. 이윽고 샹티의 여관에 도착한 다르타냥은 포르토스를 찾았다.

"여기 혹시 포르토스란 사람이 머물고 있지 않은가요?"

"아이구, 마침 잘 오셨습니다요. 안 그래도 숙박비를 계속 미루는 탓에 걱정이었답니다."

다르타냥은 계단을 올라 포르토스의 방으로 들어섰다. 안에서는 포르토스와 종졸 무스크통이 맛있는 음식을 늘어놓고 트럼프 놀이를 하느라 정신이 없었다.

"여어, 다르타냥! 임무를 무사히 마쳤나 보군. 정말 다행일세."

"그래, 어디 다친 곳은 없나요?"

"대단치 않은 상처뿐이야. 걱정하지 않아도 된다네."

포르토스는 걱정했던 것보다 훨씬 좋아 보였다. 다르타냥은 심각한 부상을 입었던 아라미스와 아토스가 마음에 걸렸다. 그래서 돌아오는 길에 포르토스를 데려오기로 하고, 크레부크레로 발길을 돌렸다.

크레부크레에 도착해 보니, 아라미스는 완전히 다른 사람이 되어 있었다. 그는 하느님의 은혜로 상처가 나았다면서 수도사가 되려고 논문을 준비하고 있었다.

"아라미스, 대체 무슨 일이에요? 갑자기 수도사라니?"

"다르타냥, 난 이번 일로 큰 깨달음을 얻었다네. 하느님이 아니었다면 난 그렇게 심각한 부상에서 회복되지 못했을 거야. 지금 내겐 자네의 모습이 마치 생명 없는 그림자처럼 보인다네. 다르타냥, 내 말을 잘 들어 보게나. 하느님은 우리에게……."

검은 사제복을 입은 아라미스는 다르타냥을 바라보며 긴 설교를 하기 시작했다. 그러나 다르타냥은 아라미스의 설교에는 귀를 기울이지 않고 방을 둘러보았다. 벽의 한쪽에는 제단이 만들어져 있었고, 십자가와 성모상 같은 장식품이 곳곳에 진열되어 있었다.

"아라미스, 하느님도 좋지만 지금 난 배가 고파 견딜 수 없으니 뭘 좀 먹게 해 줘요."

"그래, 오늘은 금요일이니 고기를 먹을 수 없다는 것은 알고 있겠지? 바쟁, 채소로 요리를 만들어 주게."

"채소? 아라미스, 난 먼 길을 달려왔다구요. 채소로 만든 음식을 먹고 기운이 나겠어요? 정말 심각하군요. 어쩌다가 이렇게 된 겁니까?"

"실은 어머니께서 내가 총사가 되는 것을 몹시 싫어하신다네. 항상 나를 깡패와 불한당으로 취급하시곤 하는 바람에 어쩔 수 없이 수도사가 되기로 작정한 거라네. 이 세계를 이해해 주십사 하고 몇 번이나 편지를 드렸지만, 한 번도 답장이 오질 않았어."

다르타냥은 트레빌로부터 전해 받은 아라미스의 어머니가 보낸 편지를 떠올렸다.

"어머님의 편지라면 제가 가지고 있어요. 이걸 전해 주라고 대장님이 부탁하시던데요?"

"아니, 왜 그걸 진작 주지 않았나?"

아라미스는 다르타냥의 손에서 편지를 빼앗아 그 자리에서 봉투를 찢고, 단숨에 편지를 읽기 시작했다. 편지에는 영국과의 전쟁이 벌어질지도 모르는 위태로운 상황이니 조국을 위해 열심히 싸우라는 어머니의 격려가 담겨 있었다.

"역시 어머니께선 날 이해해 주셨구나."

아라미스는 기쁨을 감추지 못했다. 그 모습을 바라보던 다르타냥은 웃음을 참지 못했다.

"하하하, 아라미스. 그럼 수도사는 어쩌려구요?"

"수도사? 수도사는 무슨 빌어먹을 수도사야. 내 하느님은 어머니란 말일세."

그때, 아라미스의 종졸 바쟁이 채소로 만든 음식을 들고 나타났다.

"바쟁, 미안하지만 음식을 다시 만들어 주게. 채소 따위는 이제 신물이 났어. 돼지고기도 구워 오고, 닭고기도 튀겨 오게나. 물론 포도주도 빼놓으면 안 되네!"

세 사람은 한바탕 크게 웃으며 만찬을 즐기기 시작했다. 배부르게 저녁을 먹고 난 뒤, 다르타냥은 떠날 채비를 하기 시작했다. 그는 아라미스의 상처가 완전히 회복되지 않은 것을 보고, 포르토스와 마찬가지로 돌아오는 길에 데려가는 것이 좋겠다고 생각했다. 다르타냥은 아라미스와 바쟁에게 작별 인사를 하고 곧장 아미앙으로 출발했다.

다르타냥이 아미앙의 수상한 여관에 도착하자, 갑자기 주인이 달려 나와 다르타냥의 바지를 붙잡고 간절하게 애원했다.

"나으리, 제발 저 좀 살려 주십시오. 이러다간 정말 망해 버리고 말겠습니다요."

주인은 다르타냥에게 그간의 사정을 이야기하기 시작했다. 다르타냥이 도망친 후, 아토스는 글리모와 함께 적들을 물리치고 급한 마음에 피신할 곳을 찾아 술 창고로 뛰어들었던 것이다. 둘은 안에서 굳게 문을 걸어 잠그고, 주인을 협박하여 바람 구멍으로 음식을 받아먹으며 지내고 있었다. 술과 식료품이 모두 그 창고 안에 있었기 때문에, 주인은 손님을 맞을 수가 없게 되어 억지로라도 문을 열고 들어가려고 했다. 그러나 창고 안에 있는 술통 전부를 구멍 내겠다는 협박에 이러지도 저러지도 못하고 그저 발만 동동 구르고 있었던 것이다.

"아토스, 저예요. 다르타냥입니다. 이제 그만 문 좀 열어 보세요."

그러자 육중한 철문이 서서히 열리기 시작하더니 아토스가 비틀거리며 모습을 드러냈다.

"아니, 부상이라도 당한 겁니까?"

"아냐, 술을 너무 많이 마셔서 다리가 후들거리는 것뿐이야.

백오십 병까지는 기억하고 있었는데, 그 뒤로는 얼마나 더 마셨는지 모르겠어."

주인은 외마디 비명을 지르며 자리에 주저앉았다.

"이봐, 그걸로 너무 놀라지 말게. 글리모는 술통에 입을 대고 직접 마셔 버렸으니까."

아토스의 말이 끝나자, 시뻘건 얼굴로 휘청휘청하며 간신히 발걸음을 옮기는 글리모의 모습이 철문에 나타났다. 주인은 비명을 지르며 창고 안으로 달려가더니 이내 울음을 터뜨리고 말았다.

"망했다, 이젠 망했어!"

다르타냥은 아토스와 글리모를 바라보면 웃음이 나오다가도 주인을 바라보면 미안한 마음이 들어 웃을 수가 없었다. 그는 간신히 웃음을 참으며 주인에게 다가섰다.

"정말 유감스러운 일이네요. 손해는 배상해 드리겠어요."

그는 호주머니에서 금화를 꺼내 주인의 손에 쥐어 주었다. 그리고 아토스와 글리모를 데리고 왔던 길을 되돌아가기 시작했다. 그들은 크레부크레에 들러서 아라미스와 바쟁을, 샹티에 들러서 포르토스와 무스크톤을 데리고 무사히 파리로 돌아오게 되었다. 오랜만에 다시 모인 다르타냥과 삼총사는 임무를 무사히 마친 것과 다르타냥이 정식 총사가 된 것을 기념하기 위해서 술잔치를 성대하게 벌였다. 네 사람은 밤이 새도록 먹고 마시며 쌓였던 회포를 풀었다.

전쟁터에서

그 무렵, 왕비와 버킹엄 공작의 노력에도 불구하고 프랑스와 영국 사이는 날로 악화되어 갔다. 특히 프랑스 서해안의 라로셸이라는 항구 도시에는 신교를 믿는 영국 사람이 많이 살고 있었는데, 종교를 믿는다는 이유로 사사건건 프랑스 국왕에게 반항하고 있었다. 그들은 에스파냐 인과 이탈리아 인까지 부추길 뿐만 아니라 영국의 도움까지 받고 있었기 때문에, 프랑스 입장에서는 골칫거리가 아닐 수 없었다. 프랑스와 영국의 국교가 점점 나빠지면서 반항의 움직임이 심해지자, 리슐리외 추기경은 라로셸의 신교도들을 쳐부수어야 한다며 국왕에게 전쟁을 종용했다. 루이 13세도 라로셸을 중심으로 한 반항 세력이 점점 프랑스 전체에 위협을 가하게 되자, 라로셀을 기점으로 영국과 전쟁을 벌이는 것을 승낙하지 않을 수 없었다.

왕비는 끝까지 전쟁을 원하지 않았지만 대세를 뒤집을 수는 없었다. 그녀는 자신과 평화 약조를 했던 버킹엄 공작만을 믿고 있었다. 그러나 버킹엄 공작은 영국의 총리대신이기 때문에 프랑스군에게 앉아서 당할 수는 없었다. 버킹엄 공작은 한발 먼저 라로셀 항구 앞바다에 있는 레 섬으로 군함 90척과 대군 2만여 명을 진격시켰다.

그러자 레 섬을 지키던 프랑스군은 갑작스럽게 쳐들어온 영국군에게 크게 패배를 당하고 도망치게 되었다. 얼마 지나지 않아 레 섬에서의 패전 소식이 프랑스 전역에 전해지게 되었고, 파리 시내는 온통 벌집을 쑤셔 놓은 것처럼 큰 소동이 일어나게 되었다.

더 이상 지켜보고 있을 수 없었던 루이 13세는 마침내 프랑스군 총사령관이 되어 영국에 선전 포고를 하고, 군대를 소집하여 출병 명령을 내렸다. 젊은 남성들은 너 나 할 것 없이 군에 자원해 영국군을 쳐부수는 데 동참하기로 결심하게 되었다. 다르타냥과 삼총사도 칼을 움켜쥐고 용감하게 싸움터로 향했다.

다르타냥은 전쟁터에서도 삼총사와 함께 적을 물리칠 수 있을 것이라고 생각했지만, 아토스와 포르토스, 아라미스는 근위 총사대의 임무를 수행하기 위해서 루이 13세 곁에 남아 있어야 했다. 다르타냥은 에사르 후작의 호위를 맡게 되었기 때문에 그의 선발대와 함께 한발 앞서 전쟁터에 나가게 되었다.

'아……, 삼총사와 함께 싸우게 되기를 바랐는데…….'

출정을 앞두고 루이 13세가 갑자기 병에 걸려 근위대를 비롯한 국왕 직속 군대들은 파리 변두리에 머무르고 있었기에, 다르타냥은 홀로 쓸쓸히 전쟁터로 나가야만 했다. 다르타냥이 속해 있는 선발대는 라로셸 지방의 앞면에 진지를 만들어 전쟁을 준비하기 시작했다.

전쟁터에 온 지 며칠이 지났지만, 근위대가 움직이고 있다는 소식은 들려오지 않았다. 다르타냥은 후작의 호위대에 들어간 지 얼마 되지 않았기 때문에 친한 사람이 아무도 없었다. 적은 라로셸 둘레에 견고한 요새를 만들고 끈질기게 방어하고 있는 상태여서 전장은 지루하게 시간만 흘러가고 있었다. 모두들 삼삼오오 모여들어서 시간을 보내고 있었지만, 친한 사람이 없는 다르타냥은 홀로 외로움을 달래야 했다. 그는 근위대에 있는 아토스와 아라미스, 포르토스가 갈수록 그리워졌다.

그러던 어느 날 밤, 다르타냥은 답답한 마음에 진지 밖으로 나와 산책을 하기 시작했다. 그는 삼총사와 트레빌, 다른 총사 대원들을 떠올리며 깊은 생각에 잠겨 있었다. 그가 걸어가는 길

은 적의 요새로 통하는 샛길이었으나, 상념에 빠져 있던 다르타
냥은 아무것도 모른 채 그저 발길 닿는 대로 걸어가고 있었다.
그렇게 한참을 걸어간 그는 어느덧 적진 가까운 곳까지 다다르
게 되었다.

"앗!"

다르타냥은 앞쪽 울타리 사이로 동그란 구멍이 달빛 속에 반
짝이는 것을 볼 수 있었다. 분명 그것은 의심할 여지도 없이 총
구였다. 그 옆에도, 또 다른 옆쪽에도 총구가 자신을 겨누고 있
었다. 다르타냥은 외마디 비명을 지르며 곧장 몸을 숙였다.

이어 총소리가 들리기 시작하더니 다르타냥을 향해 총알이
빗발치듯 날아왔다. 다르타냥은 데굴데굴 옆으로 굴러 총알을
피했다. 그런데 그만 총알 한 방이 다르타냥의 머리 위를 번개
처럼 지나갔다. 총알은 다르타냥의 머리를 스치며 모자를 날려
버리고 말았다.

'휴, 그대로 머리가 날아갈 뻔했구나.'

다르타냥은 재빨리 모자를 집어 들고 정신없이 달려가기 시
작했다. 뒤쪽에서는 계속 총알이 날아왔지만, 이리저리 왔다 갔
다 하면서 뛰어가는 다르타냥을 맞추지는 못했다. 그는 겨우 아
군의 진지로 되돌아올 수 있었다.

'정말 큰일이 날 뻔했구나. 아슬아슬하게 목숨을 건졌어.'

다르타냥은 자기 모자를 꿰뚫었던 총알을 생각하고는 몸서리를 쳤다. 모자에는 총알이 관통한 자국이 그대로 남아 있었다. 다르타냥은 총알 자국을 살펴보던 중 그만 깜짝 놀라고 말았다.

"이건 적의 총알이 아니잖아? 이건 분명히 아군의 총알인데?"

다르타냥은 아군 중에 자신의 목숨을 노리는 자가 있다는 것을 알게 되자 섬뜩해졌다. 자신을 노리는 사람들은 리슐리외 추기경의 부하인 것 같았지만 확실한 증거가 없었다. 다르타냥은 그 순간부터 아무런 내색도 하지 않고 첩자를 찾아내기 위해 주위를 세세히 살펴보기 시작했다.

다음 날 아침, 에사르 후작의 부대는 루이 13세의 아우인 오를레앙 공의 열병을 준비하기 위해서 모든 부대원이 일사불란하게 대열을 갖추고 있었다. 오를레앙 공과 에사르 후작은 말을 타고 부대원들을 둘러보기 시작했다. 다르타냥은 무장을 마치고 자신이 인솔하는 부대 앞에서 늠름한 모습으로 서 있었다. 이윽고 오를레앙 공과 에사르 후작이 다르타냥의 앞을 지날 무렵, 후작은 낭랑한 목소리로 다르타냥의 이름을 외쳤다.

"다르타냥, 앞으로!"

다르타냥은 깜짝 놀라 재빨리 앞으로 걸음을 내디뎠다.

"자네의 용맹은 익히 들어 알고 있다! 그래서 자네에게 중대한 임무를 맡기도록 하겠다! 결사대원 네 명을 거느리고 전방 2천 미터 앞에 있는 적의 진지를 정찰하고 오라!"

"알겠습니다!"

다르타냥은 사열 도중에 국왕의 아우로부터 직접 영광스러운 명령이 하달되었기 때문에 가슴이 터질 것만 같았다. 그는 전신의 피가 끓어오르는 듯한 느낌을 받았다. 사열이 끝난 후 다르타냥은 칼을 치켜들고 부대원들을 바라보며 힘찬 목소리로 외쳤다.

"나와 함께 영광스러운 임무를 수행할 자는 자진해서 앞으로 나와라!"

그러자 병사 네 명이 앞으로 나섰다. 두 명은 익히 알고 있던 동료 호위병이었고, 다른 두 명은 처음 보는 이들이었다. 다르타냥은 네 사람과 차례차례 악수를 하더니 곧 출발을 준비하라고 명령을 내렸다. 병사들은 신속하게 준비를 마치고 다르타냥을 찾아왔다.

"자! 우리 목표는 전방 2천 미터 앞의 적진 정찰이다. 적진까지 진과 참호가 몇 군데 있으니 그곳을 거쳐 요새에 도착할 것이다!"

다르타냥은 부하들을 이끌고 적의 진지를 향해 달려가기 시작했다. 그들은 참호를 방패 삼아 조금씩 전진해 갔다. 다르타 냥과 부하들은 몸을 굽히고 재빨리 뛰어 다음 참호로 이동하고, 또다시 다음 참호로 이동하며 점차 적의 진지에 다가갔다. 이윽 고 적의 진지에 거의 도착했을 무렵, 뒤를 돌아보니 호위대 출 신의 두 병사만이 다르타냥을 따라오고 있었다. 정체를 알 수 없던 두 병사는 뒤처진 모양인지 아무리 기다려도 따라오지 않 았다. 다르타냥은 하는 수 없이 나머지 병사들에게 적병을 살피 라는 명령을 내렸다.

적의 진지에서는 아무런 소리도 들리지 않았다. 한 호위병이 적의 진지를 살펴보기 위해서 밖으로 얼굴을 내밀고 주위를 둘 러보았다. 그 순간, 갑자기 총알이 빗발치듯 날아오더니 호위병 의 머리를 꿰뚫고 말았다. 호위병은 비명을 지를 틈도 없이 그 대로 앞으로 고꾸라졌다.

'아직 적군이 남아 있었군. 아마도 사오십 명은 되는 것 같구 나.'

다르타냥은 남은 호위병에게 눈짓을 하며 뒤로 돌아섰다. 그 리고 동시에 참호에서 뛰쳐나와 아군 진지가 있는 곳으로 달려 가기 시작했다. 두 사람의 모습이 나타나자, 또다시 저편에서 집중 사격이 시작되었다. 다르타냥과 호위병은 총알을 피하기 위해 앞에 보이는 언덕을 향해 몸을 날렸다. 그러나 호위병은 그만 총알에 가슴을 관통당하고 말았다.

계속해서 총알이 날아들고 있었기 때문에, 다르타냥은 잠시 상황을 살피기 위해 쓰러진 호위병 옆에서 죽은 체하며 실눈을 뜨고 주위를 둘러보았다. 그리고 그는 총알이 적의 요새뿐만 아니라 아군 진지 쪽에서도 날아들고 있다는 사실을 깨닫게 되었다. 바로 그때, 정체를 알 수 없었던 결사대원 두 명의 목소리가 뒤편에서 들리기 시작했다.

"다 죽었지?"

"그런 것 같아. 한번 가 보자."

두 병사는 다르타냥을 향해 서서히 다가오기 시작했다. 다르타냥은 실눈을 뜬 채 기다리고 있다가 벌떡 일어나 칼을 휘둘렀다.

"이런 비겁한 놈들!"

두 사람은 혼비백산하여 총을 겨눌 틈도 없었다. 한 명은 화들짝 놀라 참호 밖으로 뛰쳐나가다가 그만 적의 사격을 받아서 쓰러졌고, 다른 한 명은 다르타냥에게 금방 제압을 당했다.

"이놈! 네놈은 누구냐? 누구의 명령을 받았느냐?"

"죽을죄를 지었습니다. 제발 한 번만 살려 주십시오."

"묻는 말에 어서 대답하지 못하겠느냐?"

다르타냥은 병사의 목에 칼을 들이대고 으름장을 놓았다.

"전 브리즈몽이라고 합니다. 밀라디라는 여자가 나으리를 죽이면 큰돈을 주겠다고 해서……."

다르타냥은 밀라디란 이름을 듣게 되자 심각한 표정으로 고개를 끄덕였다.

'으음, 밀라디……. 전쟁터까지 속임수를 뻗칠 줄이야…….'

이제 다르타냥은 언제, 어디에서도 경계를 늦출 수가 없었다. 그는 우선 브리즈몽과 함께 이곳을 탈출하기로 마음먹었다. 브리즈몽과 한패였던 다른 사나이는 적의 총알을 맞았지만 숨이 붙어 있었기 때문에, 다르타냥은 그를 들쳐 메고 브리즈몽과 함께 아군 진지로 달려가기 시작했다. 그러나 워낙 덩치가 큰 녀석이기에 다르타냥은 빨리 뛰어갈 수 없었다. 결국 그 사나이는 다르타냥의 등에 업힌 채 적의 총알을 맞고 말았다.

"날 죽이려던 녀석이 나 대신 죽게 되다니……."

다르타냥은 씁쓸한 미소를 지으며 브리즈몽과 함께 무사히 부대로 귀환했다.

"정찰 결과를 보고드리겠습니다. 전방 2천 미터 앞의 적 진지에는 적병이 사오십 명가량 남아 있습니다. 결사대원 5명 중 3명이 전사했고, 2명은 무사히 귀환했습니다."

오를레앙 공과 에사르 후작은 어려운 임무를 완수하고 돌아온 다르타냥을 크게 칭찬했다. 그날 이후, 다르타냥이 세운 공적은 부대 안에 널리 퍼져 나갔다. 모든 병사가 총사 다르타냥의 공적을 자랑삼아 이야기했으며, 모두가 그와 함께 싸우고 있다는 사실을 기쁘게 생각했다. 다르타냥 덕분에 프랑스군의 전체 사기가 올라가게 된 것이었다. 뿐만 아니라 밀라디에게 매수되었던 브리즈몽도 남자답고 호쾌한 다르타냥의 모습에 감복해, 프랑슈의 부하가 되어 다르타냥을 섬기게 되었다. 그 이후, 프랑스군의 사기는 점점 더 올라갔다. 병에 걸렸던 루이 13세가 완쾌되어 증원군을 이끌고 전장으로 오고 있다는 소식이 퍼졌기 때문이었다. 다르타냥은 삼총사와 다시 만나게 된다는 생각에 무척 들떠 있었다.

그러던 어느 날 아침이었다. 다르타냥에게 웬 편지 한 통과 무거워 보이는 상자 하나가 전해졌다.

다르타냥 님, 지난번 저희 집에서 아토스 님과 아라미스 님, 포르토스 님이 큰 연회를 벌이셨습니다. 세 분께서는 그 자리에 다르타냥 님이 빠진 것을 무척 안타까워하시면서 평소 즐겨 마시던 포도주를 보내라고 명령하셨습니다. 그래서 세 분의 명령에 따라 이렇게 포도주 열두 병을 보냅니다. 이 포도주를 드시면서 전장에서 세 분의 건강을 축원해 달라고 하셨습니다.

다르타냥은 크게 기뻐하며 프랑슈와 브리즈몽을 불러 술자리를 준비하라고 일렀다. 먼 곳에서도 자신을 생각해 주는 삼총사의 의리에 감동을 받지 않을 수 없었다. 모처럼 느끼는 즐거운 기분이었다. 다르타냥은 친하게 지내는 호위병 두 명을 초대하여 흥겨운 술잔치를 벌이기로 했다. 프랑슈와 브리즈몽은 안주를 만들고 시중을 들며 빈 잔마다 포도주를 가득 따랐다.

"주인님, 이 포도주 색깔이 좀 이상하지 않습니까?"

"멀리서부터 계속 흔들리며 실려 와서 그렇겠지. 자, 자네들도 어서 한잔하세."

다섯 사람은 기분 좋게 술잔을 부딪쳤다. 그런데 그 순간, 갑자기 포성이 울리면서 진지에 커다란 소동이 일어났다.

"적의 습격인가?"

다르타냥과 다른 이들은 술잔을 내려놓고 재빨리 칼과 총을 찾아 밖으로 뛰쳐나왔다. 그러나 밖에서는 큰 북소리와 나팔 소리가 울려 퍼지는 가운데 엄청난 행렬이 줄을 이어 진지로 들어오고 있었다.

"국왕 폐하 만세! 추기경 각하 만세!"

루이 13세가 1만 명이 넘는 대군을 거느리고 프랑스군 진지에 도착한 것이었다. 다르타냥은 삼총사를 다시 만나게 되었다는 사실에 기쁨을 감추지 못했다. 드디어 같은 곳에서 함께 싸우게 되었다는 생각에 다르타냥은 가슴이 두근거리는 것을 느낄 수 있었다.

환영식이 끝나자마자 삼총사는 다르타냥에게 달려왔다. 네 사람은 반가움을 이기지 못하고 서로 부둥켜안았다.

"마침 잘 왔어요. 안 그래도 보내 준 포도주를 가지고 술자리를 벌이려던 참이었어요."

"보내 준 포도주? 우리는 포도주를 보낸 적이 없는데?"

"뭐라구요? 분명 포도주와 함께 이 편지가 도착했는걸요?"

다르타냥은 호주머니에서 편지를 꺼내 보여 주었다.

"이 편지의 글씨는 여관 주인의 필적과 달라. 자네들도 계산서를 써 줄 때 항상 보곤 했었잖아. 이런, 혹시 누가 마시지는 않았나? 어서 가 보세."

다르타냥과 삼총사는 재빨리 방으로 달려갔다. 과연 그곳에는 브리즈몽이 바닥에 쓰러진 채 온몸을 뒤틀며 신음 소리를 내고 있었다. 프랑슈는 깜짝 놀라 브리즈몽의 전신을 주물렀지만 이미 늦은 일이었다. 브리즈몽은 서서히 움직임을 멈추더니 금방 숨을 거두고 말았다.

"밀라디의 짓이 분명해요. 밀라디……, 가만두지 않겠다!"

다르타냥과 삼총사는 밀라디의 잔혹한 복수에 치를 떨었다. 그들의 마음속에는 이루 말할 수 없을 만큼 분노가 타오르고 있었다. 다르타냥과 삼총사는 반드시 밀라디를 붙잡겠다며 굳게 맹세를 했다.

추기경과의 만남

전쟁은 점점 더 치열한 국면에 접어들고 있었다. 뛰어난 전략가인 리슐리외 추기경이 프랑스군을 직접 지휘했지만 철통같은 적의 방어를 뚫을 수는 없었다.

그 무렵, 선발대에 속한 다르타냥은 또다시 삼총사와 갈라져 최전선에 배치되어 있었다. 최전선에서는 매일같이 길고 지루한 싸움이 이어졌지만, 전쟁이 지구전으로 접어들면서 국왕을 지키는 근위 총사대는 별로 할 일이 없었다. 그래서 삼총사는 트레빌의 허락을 받아 힘든 싸움을 하고 있는 다르타냥을 만나러 가기로 결정했다.

푸른 달빛이 어슴푸레 대지를 비추고 있는 깊은 밤, 삼총사는 숲 속의 오솔길을 달리고 있었다. 언제, 어디에서 누가 튀어나올지 모르는 상황이기에 세 명 모두 잔뜩 긴장한 채 주위를 살피며 전진하는 중이었다. 그런데 갑자기 앞에서 희미한 그림자와 함께 말발굽 소리가 들려오기 시작했다. 삼총사는 재빨리 권총을 빼 들고 앞쪽의 두 사람을 향해 총구를 겨누었다.

"누구냐?"

삼총사는 언제든지 총알을 발사할 태세로 두 사람을 노려보았다. 그러나 세 사람의 예상과는 달리 앞쪽의 두 사람은 리슐리외 추기경과 그의 부하였다. 추기경이 대담무쌍하다는 것은 익히 알고 있었지만, 깊은 밤중에 호위병도 없이 부하 한 사람만을 대동하고 전장을 돌아다니는 것을 두 눈으로 확인하게 되자 삼총사는 혀를 내두르지 않을 수 없었다.

"그래, 다르타냥을 만나러 가는 길이라고? 정말 의리 있는 젊은이들이로구만. 트레빌을 비롯해 자네들이 나를 몹시 미워한다는 사실을 잘 알고 있네. 그러나 방법과 생각이 다를 뿐, 나라를 걱정하는 마음만은 서로 같다고 생각한다네. 지금은 나라가 위태로운 전시 상황이니, 사사로운 감정은 버리고 전투에 임해 주게. 나도 그리할 것이라네. 마침 중대한 일이 있어 옆 마을로 가는 중이니 나를 좀 호위해 주게."

삼총사는 추기경의 위엄에 눌려 아무 말 없이 그를 호위하기

시작했다. 추기경은 그토록 미움을 받고 있다는 사실을 알면서
도 삼총사에게 등을 보이고 앞서 가기 시작했다. 아무도 없는
숲 속이라서 보복하려는 마음을 가진 자가 있다면 언제든지 목
숨을 빼앗길 수 있는 상황이었지만, 추기경은 늠름하고 위엄 있
는 태도로 걸음을 계속했다. 삼총사는 두둑한 배짱과 용기를 지
닌 추기경을 다시 보게 되었다.

이윽고 여관에 도착한 추기경은 안내를 받아 2층으로 올라갔
다. 삼총사는 추기경을 기다리면서 1층에서 트럼프 놀이를 하
고 있었다. 그런데 갑자기 난로 굴뚝을 통해 2층에서 하는 이야
기가 들려오기 시작했다. 2층에서는 추기경과 밀라디의 대화가
시작되고 있었다. 삼총사는 깜짝 놀라 난로에 귀를 기울였다.

"버킹엄 공작을 암살하도록 해라. 공작은 독일과 에스파냐를
자기편으로 끌어들이려 하고 있어. 그렇게 되면 프랑스는 정말
위험해진다. 그러니 반드시 공작을 암살해야만 한다."

"좋습니다. 다만 성공하게 되면 다르타냥의 목을 상으로 주
십시오."

"다르타냥? 그 녀석은 아직 어리긴 해도 용감하고 멋진 사
나이야. 정직하고 정의감이 강한 가스코뉴 사람답게 전쟁터에
서 활약이 대단하단 말이야. 병사들도 그를 무척이나 따르고 있
다."

"하지만 제 영광과 명예를 더럽힌 놈을 용서할 수 없어요. 추기경님께서도 마찬가지잖아요."

"내게 사사로운 미움은 없다. 방법과 생각이 다를 뿐, 나라를 위하는 마음은 매한가지야. 다르타냥의 목을 달라는 것은 무리한 부탁이다."

"그렇다면 저도 첩자 노릇을 그만두도록 하지요."

"그래, 알겠다. 일을 성공한다면 네 청을 들어주도록 하마."

"그리고 또 한 가지 바라는 것이 있습니다. 추기경님의 이름으로 제가 하는 일이 국가를 위한 것이라는 증명서를 한 장 써주십시오."

"좋아, 그런 것쯤이야 얼마든지 써 줄 수 있지."

추기경과 밀라디의 대화가 끝나자, 아토스는 다른 두 사람에게 무엇인가를 속삭이더니 밖으로 나갔다. 두 사람은 빙긋이 웃으며 고개를 끄덕였다. 잠시 후, 추기경은 1층으로 내려와 객실을 둘러보면서 포르토스와 아라미스에게 물었다.

"아토스는 어디 갔지?"

"돌아가실 길을 경계한다며 먼저 나갔습니다."

"수고하는군. 이제 돌아갈 테니 호위를 부탁하네."

아토스를 제외한 네 사람은 말에 올라 여관을 출발했다. 그들의 모습이 점점 멀어지자, 여관 뒤쪽에 숨어 있던 아토스는 재빨리 2층으로 올라가 밀라디에게서 추기경이 써 준 증명서를 빼앗았다. 아토스는 다르타냥을 노리고 있는 밀라디를 당장 없애 버리고 싶었지만, 프랑스를 위해 중요한 임무를 맡고 있다는 사실을 알기 때문에 그녀를 해칠 수가 없었다. 그는 밀라디를 위협해 증명서를 빼앗고 바로 그녀를 놓아주었다. 밀라디는 이를 악물고 원한에 가득 찬 표정으로 다르타냥과 삼총사를 저주하며 달아났다.

증명서를 빼앗은 아토스는 만족스러운 표정으로 지름길을 달려 추기경 일행 앞에 나타났다.

"각하, 가시는 길은 아무 이상이 없습니다."

"그래, 정말 수고했네. 이제 거의 다 왔으니 모두들 돌아가도록 하게. 고마웠네."

추기경은 부하와 함께 천천히 말을 몰아 사라져 갔다. 삼총사는 멀어져 가는 추기경의 모습을 보며 그 능력과 인품에 감탄하지 않을 수 없었다.

"좋은 사람이라고는 못 하겠지만, 훌륭한 인물인 건 분명해."

삼총사는 모두 고개를 끄덕였다.

다음 날 아침, 삼총사는 다르타냥이 속해 있는 최전선을 향해 힘차게 말을 달렸다. 다르타냥은 병사들을 이끌고 지난밤 점령

한 적의 요새 부근에 새로운 참호를 파고 있는 중이었다. 시커
멓게 더러워진 얼굴로 흙투성이가 되어 병사들을 지휘하고 있
던 다르타냥은 자신을 찾아온 삼총사를 반갑게 맞이했다.

"정말 잘 왔어요! 어젯밤에 격전이 있었다는 소식을 듣고 찾
아온 건가요?"

"그런 일이 있었나? 전혀 모르고 있었어. 우린 자네가 걱정되
어서 위로도 할 겸 찾아온 거야."

"그랬군요. 아, 어제 전투는 정말 굉장했어요."

다르타냥은 삼총사에게 지난밤에 벌어졌던 전투를 이야기하
기 시작했다. 흥미진진한 이야기였지만 아토스는 전혀 다르타
냥의 이야기에 집중할 수가 없었다. 조금이라도 빨리 어제 여관
에서 있었던 일을 전해 주고 싶었기 때문이었다. 그는 참을 수
없을 정도로 입이 근질거리기 시작했다. 하지만 주변에는 많은
병사가 있었기 때문에 이야기를 전할 수 있는 상황이 아니었다.
아토스는 조용한 곳을 찾기 위해 주위를 둘러보았으나 진지 곳
곳마다 병사들이 북새통을 이루고 있었다.

'어디 좋은 장소가 없을까?'

혼자 조용한 장소를 궁리하던 아토스는 갑자기 주위의 병사
들에게 한 가지 제안을 했다.

"자, 여러분. 어제 점령한 저 진지에서 우리 네 명이 아침 식

사를 하겠네. 위험을 무릅쓰고 저곳에서 1시간을 버틸 수 있는지 없는지 내기를 하자는 거야. 우리는 네 명이니까 자네들도 네 명을 뽑게. 이긴 쪽에게 맛있는 음식을 몰아주는 거지. 어때?"

병사들은 기꺼이 아토스의 제안을 승낙했다.

"그거 재미있겠는데요? 좋아요. 이건 우리 소대 깃발인데, 이걸 진지 한가운데 꽂아 놓고 그 밑에서 식사를 하도록 하죠."

다르타냥은 삼색기를 높이 들었다. 그러자 요새 안에 있던 다른 병사들까지 우르르 몰려들어 위험천만한 내기를 구경하기 시작했다. 여기저기에서 시곗바늘을 맞추기 시작했다. 이윽고 출발이라는 신호와 함께 아토스를 비롯한 나머지 세 명은 적의 진지를 향해 재빨리 달려가기 시작했다.

"그런데 무슨 일로 이런 위험한 내기를 하는 거죠?"

"자네에게 급히 해 줄 이야기가 있어서 어쩔 수 없었다네. 아군 속에도 적이 숨어 있는 판국이니 도저히 믿을 장소가 없었어."

다르타냥과 삼총사는 무사히 생제르베르 진지 안으로 들어갈 수 있었다. 그곳에는 죽은 병사들의 시체가 가득했다. 그들은 시체로부터 총과 화약을 모아 놓고 진지 한가운데에 깃발을 꽂았다. 깃발은 이내 바람에 펄럭이기 시작했다. 그 모습을 본 아군 진지에서는 엄청난 함성이 울려 퍼졌다. 아군 진지에서는 아토스의 종졸 글리모가 음식을 들고 허겁지겁 달려오고 있었다.

"글리모, 자네는 앞쪽에서 식사를 하면서 우리가 이야기를 나누는 동안 적의 행동을 지켜보게."

글리모는 아토스의 명령에 따라 적의 동정을 살피기 시작했다. 영국군도 아침 식사를 하는 모양인지 적의 요새에서는 짙은 연기가 솟아오르고 있었다. 다르타냥과 삼총사는 깃발 아래 앉아 음식을 먹으면서 이야기를 나누기 시작했다.

"들려줄 이야기가 도대체 뭐죠?"

아토스는 우연히 추기경을 만나 그를 호위한 일부터 밀라디에게서 증명서를 빼앗은 일까지 모든 사건을 상세하게 설명해 주었다. 다르타냥은 아토스의 이야기를 듣자 기운이 빠진 듯 고개를 푹 숙였다.

"이젠 정말 어쩔 도리가 없군요. 로쉬폴 백작부터 밀라디, 리슐리외 추기경까지 너무 많은 적을 만들어 버렸어요. 이제 나는 바스티유 감옥에 가는 일만 남은 셈이군요."

"걱정할 것 없네. 그쪽이 3명이라면 자네에게는 우리가 있지 않은가. 기운을 내게!"

그때, 요새 끝에서 적병이 다가오고 있다는 글리모의 외침이

들려왔다. 다르타냥과 삼총사는 재빨리 토담으로 달려가 상황을 살폈다. 진지로 다가오고 있는 적병은 총을 쥔 보병 4명과 삽과 곡괭이를 둘러멘 공병 16명이 전부였다. 아토스는 호탕하게 웃으며 토담 위로 올라가 영국 병사들을 놀리기 시작했다.

"우리는 지금 식사 중이라서 당신들을 만날 수가 없소. 그곳에서 좀 기다리든가, 아니면 돌아갔다가 다시 오시길 바라오."

영국 병사들은 재빨리 총을 겨누고 방아쇠를 당겼다. 그러자 아토스 주위로 총알 네 발이 무섭게 날아들었다.

"총알을 선물해 주다니, 우리도 보답을 해야겠지?"

아토스는 밑을 내려다보며 적병을 겨누고 있는 다른 사람들에게 눈짓을 했다. 그러자 총성이 울리면서 보병 4명이 일제히 쓰러졌다. 그 모습을 본 공병들은 혼비백산하여 곡괭이와 삽을 내던지고 줄행랑을 치기 시작했다. 다르타냥과 삼총사는 적의 총 네 자루와 대장의 짧은 창을 전리품으로 가져올 수 있었다. 그들은 다시 자리로 돌아와 식사를 하기 시작했다.

"일단 조심하도록 하게. 언제, 어디서 자네를 노릴지 몰라. 그리고 이것을 줄 테니 소중하게 간직하고 있게. 분명히 크게 쓰일 날이 올 거야."

아토스는 밀라디에게서 빼앗은 증명서를 다르타냥의 손에 쥐어 주었다. 다르타냥은 이토록 자신을 걱정해 주는 삼총사의 우정에 감격하여 눈물을 글썽거렸다. 그러는 사이 다시 적병이 몰려들기 시작했다. 이번에는 50명이 넘는 보병 부대가 생제르베르 진지를 향해 진격해 오고 있었다.

"좋아, 이번에는 상대가 되겠는데? 글리모, 자네는 총알을 재어 계속 총을 바꿔 주게. 우리는 계속 총을 쏘다가 적들이 토담 근처까지 오면 토담을 무너뜨리는 거야. 부대장을 먼저 쓰러뜨리면 녀석들은 혼란에 빠질 게 분명해."

다르타냥과 삼총사는 칼솜씨만 뛰어난 것이 아니었다. 네 명 모두 자타가 공인하는 일등 사수들이었다. 그들은 멀리서부터 진격해 들어오는 적을 향해 총알을 퍼붓기 시작했다. 글리모는 이리저리 뛰어다니면서 네 사람의 총을 바꾸어 주었고, 다르타냥과 삼총사는 계속 적을 쓰러뜨렸다. 하지만 이번에 공격해 오는 병사들은 무척 용감했다. 이미 반 이상이나 총을 맞아 쓰러졌음에도 돌격을 멈추지 않았다. 마침내 병사 20여 명이 토담 밑에 다다르자, 다르타냥과 삼총사는 힘껏 토담을 무너뜨렸다. 그러자 10미터가 넘는 토담이 와르르 무너지면서 영국 병사들을 그대로 덮쳐 버리고 말았다.

"적은 전멸! 아군의 대승리야!"

다르타냥과 삼총사는 손을 맞잡고 승리를 기뻐했다. 아토스가 시계를 꺼내어 보니 벌써 1시간이 지난 상태였다.

"벌써 돌아갈 시간이 되었군. 그나저나 밀라디가 버킹엄 공작을 암살하러 갔으니, 우리도 대비책을 마련해야 할 텐데 어떻게 연락할 방법이 없을까?"

"제가 갈 수도 없는 노릇이고……. 아, 맞아요! 프랑슈를 사자로 보내도록 하죠. 저와 함께 공작을 찾아간 적이 있기 때문에 지리도 잘 알고 있고, 얼굴도 낯이 익으니 분명 믿을 수 있을 거예요."

삼총사는 좋은 생각이라며 고개를 끄덕였다. 그런데 망을 보고 있던 글리모가 갑자기 소리를 질렀다.

"적의 연대 병력이 오고 있습니다!"

도저히 5명으로 당해 낼 수 없는 병력이었다. 다르타냥과 삼총사는 조금이라도 시간을 벌기 위해서 병사들의 시체를 진지 벽에 일으켜 세워 살아 있는 것처럼 꾸며 놓았다. 그리고 전리품을 챙겨 재빨리 진지를 빠져나왔다. 과연 영국 병사들은 진지로 진격해 들어오지 못하고 한자리에 멈춰 서서 시체를 향해 총을 쏘아 대고 있었다.

그런데 몇 발짝 옮기던 중에 다르타냥이 갑자기 걸음을 멈추었다. 정신없이 진지를 빠져나오느라 그만 깃발을 잊어버렸던 것이다. 다르타냥은 몸을 돌려 진지를 향해 뛰어가기 시작했다. 삼총사는 위험하다며 다르타냥을 만류했지만 다르타냥의 눈에는 깃발밖에 보이지 않았다. 그는 무너진 구멍 사이로 들어가 꽂아 놓은 깃발을 힘껏 잡아 뺐다. 영국 병사들은 깃발을 들고 있는 다르타냥을 향해 집중포화를 퍼부었다. 그러나 다르타냥은 총알을 피할 생각도 않고 오히려 깃발을 크게 흔들어 대기 시작했다. 총알 3발이 기를 꿰뚫고 지나갔지만 다르타냥은 전혀 겁을 먹지 않았다. 이 모습을 본 프랑스군 진지에서는 엄청난 함성이 일었다.

다르타냥은 몇 차례 더 기를 흔들고는 잽싸게 진지를 뛰쳐나와 삼총사와 합류했다. 그들은 위풍당당한 걸음걸이로 부대에 귀환했다. 프랑스 병사들은 전부 환호성을 지르며 용사 네 명을 에워쌌다. 병사들은 아직까지도 진지를 향해 총을 쏘아 대는 영국군을 비웃으며 너 나 할 것 없이 소리를 지르기 시작했다. 그러자 프랑스군 요새는 마치 전쟁이라도 일어난 것처럼 정신을 못 차릴 정도로 소란스러워졌다.

"병사들 사이에 폭동이라도 일어났나?"

리슐리외 추기경은 시끌시끌한 소리에 놀라 부관을 불렀다. 부관은 자초지종을 설명하기 시작했다.

"폭동이 아닙니다. 다르타냥과 삼총사가 생제르베르에 들어가 적군을 물리치고 전리품을 획득해 왔기 때문입니다."

"또 한바탕 해냈구만. 정말 대단한 젊은이들이야."

그날 밤에 추기경은 트레빌을 찾아가 다르타냥과 삼총사를 치하하고, 구멍 뚫린 깃발에 황금 백합꽃 세 송이를 수놓게 하여 근위 총사대의 부대기로 사용할 것을 지시했다. 그리고 네 사람의 공적에 대한 답례라며 에사르 후작의 호위 부대에 속해 있는 다르타냥을 근위 총사대로 옮겨 주었다. 드디어 다르타냥과 삼총사가 같은 부대에 근무하게 된 것이었다.

명예와 영광

그러는 사이, 밀라디는 버킹엄 공작을 암살하기 위해 배를 타고 영국으로 향했다. 그러나 영국에 거의 다 도착했을 때, 그녀는 젊은 해군 중위에게 붙잡히고 말았다. 다르타냥이 보낸 프랑슈가 무사히 공작에게 암살 소식을 전달했기 때문이다. 밀라디는 깎아지른 듯한 높은 절벽 위에 있는 옛 성의 구석방에 갇히게 되었다. 그녀는 어떻게든 탈출할 방법을 생각해 보았으나 도저히 외딴 방을 벗어날 뾰족한 수가 떠오르지 않았다. 굵은 쇠창살은 아무리 힘을 줘도 꿈쩍도 하지 않았고, 펠튼이라는 해군 중위가 계속 문 앞을 지키고 있었다. 밀라디는 점점 탈출할 희망을 잃어 가고 있었다.

그러던 어느 날 밤, 밀라디는 문 앞에서 자신을 지키고 있는 펠튼 중위가 찬송가를 부르는 것을 들었다. 그녀는 펠튼 중위가 믿음이 신실한 청교도라는 것을 눈치채고, 중위의 동정을 얻어 감옥에서 탈출하려는 계획을 세웠다. 펠튼 중위는 버킹엄 공작의 반대로 진급이 늦어지고 있었기 때문에 공작에게 깊은 원한을 품고 있었다. 파수병에게서 그런 사실을 전해 들은 밀라디는 중위가 문 앞을 지키고 있을 때 큰 소리로 기도를 하기 시작했다.

"오, 하느님! 아무런 죄도 없는 저를 왜 이곳에 가두어 두셨나이까? 절 유혹하고 남편을 죽인 것은 버킹엄 공작인데, 왜 공작에게는 벌을 내리지 않으십니까? 흑흑흑."

밀라디는 거짓 눈물을 흘리면서 간절하게 기도를 하고 찬송가를 불렀다. 눈물 섞인 목소리로 부르는 찬송가는 듣는 사람으로 하여금 저절로 동정과 연민을 불러일으켰다.

"부인, 당신은 이런 곳에 갇힐 만한 분이 아닌 것 같은데 어떤 연유로 이곳에 갇히게 되셨습니까?"

"아니에요, 아무도 믿어 주질 않는걸요. 이야기하고 싶지 않아요."

밀라디는 또다시 서럽게 울음을 터뜨렸다. 펠튼 중위는 문 가까이 다가와 그녀를 달래 주었다.

"저도 하느님을 믿는 청교도입니다. 부디 제게 당신의 사정을 말씀해 주십시오."

"사실 제 남편은 당신 같은 군인으로 버킹엄 공작의 부하였어요. 그런데 공작은 부하의 아내인 절 유혹했지요. 하지만 전 남편을 사랑하고 있었기에 공작이 같이 살자는 것을 뿌리쳤답니다. 그랬더니 공작은 남편을 프랑스와 전쟁이 벌어지는 최전선으로 보내 버렸어요. 결국 남편은 전쟁터에서 전사했고, 저는 이곳에 붙잡히게 되었답니다."

펠튼 중위는 밀라디의 이야기를 듣고 주먹을 불끈 쥐며 공작을 비난하기 시작했다. 가녀린 여인의 불쌍한 사정을 듣게 된 젊은 중위는 피가 불타듯 끓어오르기 시작했다. 그는 분노로 온몸을 떨면서 문틈으로 밀라디에게 속삭였다.

"제가 반드시 당신을 구해 드리겠습니다. 조금만 기다려 주십시오."

그리고 며칠 후, 깊은 밤이 되자 펠튼은 밀라디가 갇혀 있는 방의 쇠창살을 잘라 내고 몰래 밀라디를 빼내는 데 성공했다. 둘은 펠튼이 미리 준비해 놓은 작은 배를 타고 성을 벗어나기 시작했다.

"정말 감사드려요. 그런데 저희는 어디로 가는 거죠?"

"잠시 후에 돛단배가 있는 곳에 도착하게 될 겁니다. 저는 포츠머스에 들러 중요한 일을 해야 하니, 내일 오전 10시까지 제가 돌아오지 않으면 가고 싶은 곳으로 배를 출발시키십시오."

"하지만 내일은 버킹엄 공작이 함대를 이끌고 출항할 텐데요?"

"그건 걱정 마십시오. 공작은 절대로 출발할 수 없을 겁니다. 제가 출발하지 못하게 할 겁니다."

밀라디는 입가에 교활한 미소를 지으며 자신이 쳐 놓은 덫에 걸려든 펠튼을 바라보았다. 그녀는 젊은 중위가 공작에게 어떤 짓을 저지를지 크게 기대되었다.

다음 날, 펠튼은 급한 용무가 있다며 버킹엄 공작을 만났다. 그는 밀라디 문제로 보고할 것이 있다며 공작의 방에 들어가 갑자기 칼을 빼 들고 공작의 왼편 옆구리를 힘껏 찔렀다. 공작은 방비할 틈도 없이 순식간에 상처를 입고 바닥에 쓰러져 버렸다. 옆구리에서 흘러나온 피가 흥건하게 바닥을 적셨다. 호위병들과 비서들은 깜짝 놀라 공작에게 달려갔다.

"이렇게 허무하게 가는구나. 으윽, 이번 출정으로 전쟁을 마무리 지으려고 했는데……. 마지막으로 할 말이 있다. 이 말을 꼭 폐하께 전해 드리도록 해라. 폐하, 부디 전쟁을 그쳐 주십시오. 신의 마지막 소원이옵니다. 제발……."

버킹엄 공작은 말을 끝내지도 못하고 그만 맥없이 고개를 떨어뜨리고 말았다. 평화를 이루지 못하고 죽는 것이 한스러운 듯 죽어서도 공작은 눈을 감지 못했다. 사람들은 모두 울음을 터뜨렸다. 오직 호위병들에게 붙들려 있는 펠튼만이 악의에 가득 찬 미소를 짓고 있었다.

영국의 국왕 찰스 1세는 버킹엄 공작의 마지막 유언을 들어 프랑스로 떠나려던 대군에게 출발을 정지시켰다. 그러자 라로셸에 주둔하던 영국 군대도 조금씩 본국으로 철수하기 시작했다. 드디어 전쟁이 끝나게 된 것이었다. 루이 13세를 비롯한 프랑스 군대도 파리로 되돌아왔다. 삼총사와 다르타냥도 오랜만에 그리운 파리 땅을 밟을 수 있게 되었다.

한편, 버킹엄 공작이 살해되었다는 소식은 영국뿐만 아니라 프랑스에도 퍼져 나갔다. 리슐리외 추기경은 밀라디가 임무를 완수했다는 것을 알고 몹시 기뻐했다. 그는 영국의 첩자들이 밀라디를 암살할지도 모른다는 생각에 그녀를 페튜느 수도원으로 보내 잠시 동안 머무르도록 했다.

한때 수도원에 몸담았던 적이 있는 밀라디는 그곳만큼 안전한 곳이 없다는 사실을 잘 알고 있었다. 그녀는 추기경의 배려를 감사히 여기며 페튜느 수도원으로 들어갔다. 그런데 밀라디는 우연히 그곳에서 보나슈 부인을 만나게 되었다. 보나슈 부인도 몸을 숨기기 위해서 케티라는 가명으로 수도원에 들어와 있었던 것이다. 밀라디는 보나슈 부인을 만나게 되자 복수심이 불타올랐다.

'이 여자만 아니었다면 다이아몬드 목걸이 사건이 수포로 돌아가지 않았을 거야. 용서할 수 없어.'

그녀는 복수를 하기 위해 정체를 숨기고 보나슈 부인에게 접근했다. 밀라디의 존재를 모르는 부인은 마음을 열고 그녀를 대했다. 왕비를 모셨던 일이며 다르타냥 이야기까지 부인은 밀라디에게 모든 것을 다 털어놓았다. 그녀는 다르타냥에게서 받은 편지까지 밀라디에게 보여 주었다.

전쟁은 모두 끝이 났습니다. 곧 모시러 가겠으니 조금만 기다리십시오.

다르타냥

밀라디는 편지를 보고 시간이 얼마 없다는 것을 깨달았다. 그녀는 곧 악독한 계획을 떠올리고, 부인에게 먼저 복수하기로 결심했다.

"부인, 그 편지는 아무래도 가짜인 것 같아요. 추기경의 부하들이 당신을 꾀어내려는 수작이 분명해요. 전쟁이 끝났다면 다르타냥 씨와 삼총사가 벌써 부인을 모시러 왔을 거예요."

보나슈 부인은 밀라디의 팔에 매달렸다.

"정말 그렇군요. 이를 어쩌면 좋죠? 제발 절 좀 도와주세요."

밀라디는 재빨리 컵에다 포도주를 따르더니, 부인이 보지 못하게 반지 뚜껑을 살짝 열어 독약을 포도주 속에 넣었다. 그리고 잠시 안정을 취하라며 부인에게 포도주를 건네주었다. 보나슈 부인은 답답하던 참이라 두말 않고 단숨에 포도주를 마셔 버렸다. 순간, 부인의 안색이 창백해지더니 얼굴에 온통 식은땀이 흘러내렸다. 그리고 온몸을 부르르 떨기 시작하더니 곧 앞으로 고꾸라지고 말았다.

밀라디는 마치 악마 같은 미소를 띤 채 괴로워하는 부인을 지켜보다가 수도원을 빠져나와 어디론가 사라져 버렸다.

잠시 후, 수도원에 도착한 다르타냥과 삼총사는 이미 숨이 끊어진 부인을 발견하고 크게 놀랐다. 어떤 곳보다 안전하다고 생각했던 수도원에서 독살을 당하리라고는 전혀 생각지 못했기 때문이었다. 그들은 바닥에 쓰러진 채로 숨진 부인 곁에서 묵념을 올렸다.

'조금만 더 일찍 왔더라면……. 부인, 정말 죄송합니다.'

다르타냥은 침통한 표정으로 고개를 들지 못했다. 그런데 그 순간, 갑자기 어떤 사나이가 방으로 뛰어 들어왔다. 그는 다르타냥이 버킹엄 공작 집에서 만난 적이 있던 영국의 윈터 남작이었다.

"다르타냥 씨? 여긴 어쩐 일이십니까?"

"평소 알고 지내던 부인을 모셔 가기 위해서 왔습니다만, 이미 누군가에게 독살을 당해 세상을 떠나고 말았습니다. 그런데 남작님께서는 무슨 일로?"

"전 버킹엄 공작님의 원수인 밀라디를 찾으러 왔습니다. 밀라디는 벌써 도망쳤습니까?"

"밀라디? 아, 그랬었군!"

그제야 다르타냥과 삼총사는 부인을 독살한 범인이 누군지 알게 되었다. 다르타냥과 삼총사, 윈터 남작은 모두 함께 복수를 맹세하고 밀라디를 찾기 시작했다.

분명히 멀리 가지 못했다는 것을 알고 있었지만, 다르타냥 일행은 좀처럼 밀라디의 행방을 찾을 수 없었다. 그러나 여기까지 와서 놓칠 수는 없는 노릇이었다. 모두들 눈에 불을 켜고 샅샅이 마을 전체를 수색하기 시작했다. 다만 아토스만은 뭔가 다른 생각이 있는 듯 전혀 관계없는 곳으로 발길을 돌렸다. 그는 거지들이 살고 있는 곳을 찾아가 돈을 주고는, 죄인의 목을 자르는 사형 집행인을 찾아갔다.

아토스는 깊은 숲 속의 외딴집에 홀로 살고 있는 리스 강의 사형 집행인을 찾아가 밀라디의 일을 의뢰했다. 그런데 놀랍게도 사형 집행인은 밀라디를 알고 있는 듯했다. 그는 원한에 사무친 목소리로 반드시 그녀를 찾아 자기 손으로 직접 죽이겠다며 아토스를 돕기로 결정했다.

다음 날, 다르타냥 일행은 프랑슈의 노력으로 밀라디가 리스 강 기슭의 외딴집에 몸을 숨기고 있다는 사실을 알게 되었다.

"드디어 복수를 할 수 있게 되었군. 자, 다들 빨리 리스 강으로 가세!"

"잠시만 기다려 주게. 데려갈 사람이 있다네."

아토스는 황급히 한 사나이를 데리고 왔다. 그는 마스크로 얼굴을 가리고 빨간 망토로 온몸을 감싸고 있었다. 모두가 괴상하게 생각했지만, 정체를 묻지 말아 달라는 아토스의 간곡한 부탁에 모르는 척할 수밖에 없었다. 다르타냥 일행은 서둘러 리스 강으로 발걸음을 옮겼다.

이윽고 강 근처의 외딴집에 도착한 이들은 사방팔방으로 집을 포위했다. 아토스는 몰래 집으로 다가가 창문을 깨뜨리고 방 안으로 뛰어들었다.

"밀라디, 더 이상 도망칠 곳은 없다! 순순히 나와라!"

그녀는 반대쪽 문으로 도망치려고 하였으나 이미 다르타냥을 비롯한 다른 사람들이 철통같이 집 주위를 둘러싸고 있었다.

"네놈들은 누구냐?"

"너 때문에 억울하게 죽음을 당한 사람들의 원수를 갚아 주려는 이들이다. 보나슈 부인과 브리즈몽을 독살하고, 펠튼을 부추겨 버킹엄 공작을 암살하고도 편안히 살아갈 수 있을 줄 알았느냐?"

밀라디는 얼굴이 창백하게 질리기 시작했다.

"나를 죽이면 네놈들이 살인범이 된다는 사실을 모르느냐!"

밀라디는 주위를 둘러보며 악을 쓰기 시작했다. 그러자 정체를 알 수 없던 사나이가 마스크를 벗어 던지고 밀라디 앞에 모습을 나타냈다.

"당신은……?"

"맞다. 너 때문에 불쌍한 동생을 잃은 리스 강의 사형 집행인이다. 모두 알고 계시겠지만 이 여자는 구제할 길이 없는 흉악한 여자입니다. 원래는 수도원의 수녀였으나, 제 동생을 꾀어 수도원의 금은 그릇을 훔쳐 오게 해서 도망쳤답니다. 전 동생을 대신해 감옥에 갇히게 되었고, 그 사실을 알게 된 동생은 그만 목을 매어 자살하게 되었습니다."

모두들 깜짝 놀란 표정으로 리스 강의 사형 집행인을 바라보았다.

"너무 억울하게 생각지 말아라. 하느님의 심판이니까."

마침내 사형 집행인은 큰 칼을 하늘 높이 치켜들었다. 칼이 바람을 가르자 외마디 비명과 함께 밀라디의 목은 땅에 떨어졌다.

　　모든 일을 마치고 파리로 돌아온 다르타냥과 삼총사는 트레빌에게서 급한 호출을 받았다. 트레빌은 서둘러 달려온 다르타냥을 바라보더니 아무 말 없이 쪽지를 내밀었다.

　　근위 총사 다르타냥은 즉시 총사령부로 출두하라.

리슐리외 추기경

　　다르타냥은 자기를 부르는 리슐리외의 쪽지를 보자 이마에서 식은땀이 흘러내리기 시작했다.

　　'이제 마지막이구나…….'

　　다르타냥은 눈앞이 캄캄해지는 것을 느낄 수 있었다. 트레빌은 얼굴이 하얗게 질린 다르타냥이 걱정되었다.

　　"자네, 갑자기 왜 그러는 건가? 무슨 안 좋은 일이라도 있나?"

　　"아닙니다. 어쩌면 마지막 하직 인사가 될지도 모르겠습니다. 대장님, 그동안 정말 감사했습니다."

다르타냥은 알 수 없는 말을 남기고 트레빌의 방을 나섰다. 삼총사는 문 앞에서 기다리고 있다가 다르타냥을 맞아 주었다.

"무슨 일이야? 갑자기 호출이라니?"

"이제 끝장이에요. 추기경의 호출을 받았어요."

다르타냥은 삼총사에게 호출장을 보여 주었다.

"괜찮을 거야. 밀라디도 죽었고, 이제 와서 자네를 처벌하지는 않겠지."

삼총사는 다르타냥과 함께 리슐리외를 찾아갔다. 총사령부 앞에 도착하자, 로쉬폴 백작이 다르타냥과 삼총사를 기다리고 있었다.

"추기경님께서 부르신 사람은 다르타냥이니, 자네들은 돌아가도록 하게."

다르타냥은 로쉬폴을 따라 총사령관실로 걸음을 옮겼다. 그 모습을 지켜보던 삼총사는 입구 돌계단에 걸터앉아 큰 소리로 외쳤다.

"자네가 나올 때까지는 꼼짝 않고 있겠네. 무슨 일이 있으면 도움을 청하게!"

이윽고 총사령관실에 들어선 다르타냥은 책상 앞에 앉아서 커다란 칼을 손질하고 있는 추기경과 마주했다.

"어서 오게. 자네가 왜 이곳에 불려 왔는지는 잘 알고 있겠지? 1년 전에 적국과 내통했던 죄를 발뺌하려는 생각은 말게. 이미 다 알고 있으니."

"그럼, 왜 이제 와서 절 잡아들이시는 겁니까?"

"그건 자네가 프랑스에 필요한 용사였기 때문이라네. 이젠 전쟁도 끝났어. 국법에 따라 자네를 심판할 일만 남았네."

"각오는 되어 있습니다. 하지만 몰래 영국에 건너간 것도, 전장에서 공을 세운 것도 모두 나라를 위해서 한 행동이라는 것은 추기경님께서도 인정하고 계시지 않습니까!"

"인정이라니, 대체 지금 무슨 말을 하고 있는 건가?"

다르타냥은 주머니 속에서 추기경이 밀라디에게 써 주었던 증명서를 꺼내 놓았다.

"여기 있습니다."

위 사람은 내 명령에 의해 프랑스를 위해서 큰 공적을 세웠음을 증명한다.

1627년 12월 3일, 리슐리외 추기경

"아니, 자네가 이걸 어떻게?"

다르타냥은 전쟁터에서 삼총사가 추기경을 만난 일부터 밀라디의 죽음까지 그동안 있었던 일을 이야기하기 시작했다. 추기경은 무덤덤한 표정으로 다르타냥의 이야기를 듣고 있다가 환하게 미소를 짓더니, 손에 들고 있던 증명서를 찢어 버렸다. 그리고 다른 종이를 한 장 꺼내어 무엇인가를 쓰기 시작했다.

'아, 드디어 사형 명령서를 쓰는 모양이구나. 아버지, 어머니, 트레빌 대장님! 아토스, 포르토스, 아라미스, 프랑슈. 모두들 잘 있게. 나는 먼저 가네.'

다르타냥은 비통한 표정으로 고개를 숙였다. 이제는 더 이상 어떤 희망도 없었다. 그는 담담하게 죽음을 맞이하기로 결심했다.

"자, 내가 써 준 증명서는 이미 찢어 버렸네. 그 대신 자네에게 이걸 주도록 하지."

다르타냥은 고개를 들어 추기경이 건네는 종이를 바라보았다. 그리고 깜짝 놀라 그만 소리를 지르고 말았다.

근위 총사　　　을 총사대 부대장에 임명함.
　　　　　　　　　　프랑스군 총사령관 리슐리외 추기경

"내가 직접 쓴 임명장이라네. 도장도 찍혀 있어. 자네 스스로 자네 이름을 당당하게 써 넣게나."

"아니, 추기경님, 뭔가 착각하고 잘못 쓰신 거 아닙니까?"

"하하하, 약속을 했던 밀라디가 죽어 버린 이상 약속을 지킬 수가 없게 되지 않았나. 자네같이 훌륭한 젊은이를 죽인다는 것은 국가의 손해고 명백한 잘못이야. 자, 빨리 증명서를 가지고 폐하께 인사를 드리러 가게. 트레빌 대장에게도 기쁜 소식을 전해야 하지 않겠나."

"추기경님……."

다르타냥은 추기경의 깊은 마음 씀씀이에 감격하지 않을 수 없었다.

"저, 죄송한 말씀이지만 저는 아직 총사대의 부대장이 될 자격이 없는 것 같습니다. 이 자리에 삼총사 중 한 명의 이름을 써넣어도 되겠습니까?"

"허허, 정말 훌륭한 젊은이로군. 좋아, 자네 마음대로 하게나."

추기경은 통쾌하게 소리를 내어 웃더니 초인종을 눌렀다. 그러자 문이 열리고 칼자국이 난 사나이, 로쉬폴 백작이 방 안으로 들어왔다.

"두 사람 모두 예전의 원한은 잊고 새롭게 잘 지내보도록 하게. 이건 명령이 아니라 부탁이라네."

로쉬폴은 밝게 웃음 지으며 다르타냥에게 손을 내밀었다. 다르타냥도 오래된 원한은 접어 두고 로쉬폴의 손을 잡았다. 두 사람은 힘찬 악수를 나누고 추기경의 방을 나왔다.

삼총사는 밝은 모습으로 로쉬폴과 함께 걸어 나오는 다르타냥을 의아한 표정으로 바라보았다.

"다르타냥, 어떻게 된 일이야?"

다르타냥은 삼총사의 손을 맞잡고 추기경의 방에서 있었던 일을 이야기해 주었다.

"아무리 생각해도 저는 아직 부대장이 될 자격이 없습니다. 아토스나 포르토스, 아라미스 중에서 부대장이 되었으면 좋겠어요."

"그게 무슨 소리야? 이건 전쟁터에서 자네가 세운 공적에 대한 상이란 말이야."

"그래, 이제부터 총사대의 부대장은 자네야. 자, 다르타냥 부대장님 만세!"

삼총사는 크게 소리를 지르며 일제히 검을 뽑아 다르타냥의 머리 위로 높이 쳐들었다. 그리고 다르타냥을 얼싸안으며 기쁨을 함께 나누었다.

며칠 후, 파리에서는 전쟁 승리를 축하하는 개선 행진이 이루어졌다. 파리의 모든 거리에는 개선군을 환영하는 인파가 쏟아져 나와 깃발과 모자를 흔들며 만세를 외쳤다. 루이 13세는 리슐리외 추기경과 나란히 마차에 올라 환호하는 백성들에게 손을 흔들어 주었다. 그 뒤로 근위 총사대의 대장 트레빌이 흰말을 탄 채 행진 대열을 이끌고 있었으며, 황금 백합꽃 세 송이가 수놓인 깃발을 들고 있는 다르타냥이 삼총사 앞에서 트레빌을 뒤따르고 있었다.

가을이 깊어 가는 파리에는 승전을 축하하는 나팔 소리와 북소리가 하늘 높이 울려 퍼졌으며 사람들의 환호 소리가 천지를 뒤흔들었다. 행렬이 지나는 거리의 끝, 루브르 궁전의 현관에는 도트리슈 왕비가 밝은 얼굴로 국왕을 마중 나와 있었다. 국왕은 루브르 궁전의 현관에 다다르자 마차에서 내려 왕비와 따뜻하게 인사를 나누었다.

개선 행진이 끝나고 다르타냥은 승진 휴가를 얻게 되었다. 다르타냥을 따르던 종졸 프랑슈도 중사로 진급이 되어 휴가를 얻었다. 뜻하지 않은 휴가를 얻게 되자, 두 사람은 다르타냥의 고향인 타르브 마을에 다녀오기로 했다.

맑은 하늘과 알록달록하게 단풍이 물든 정든 산, 푸른 강이 보이기 시작했다. 다르타냥은 벅찬 가슴을 안고 아버지와 어머니가 기다리고 있는 집을 향해 말을 달렸다. 이윽고 현관 앞에 도착한 다르타냥은 말에서 내려 먼지를 털고, 모자를 바로 쓰고, 멋진 총사복을 깔끔하게 가다듬은 후에 문을 두드렸다.

"아버지, 어머니! 다르타냥입니다. 휴가를 받아 지금 돌아왔습니다."

"오, 아들아!"

"다르타냥……."

2층에 있던 아버지와 어머니는 계단을 뛰어 내려와 다르타냥을 꼭 안아 주었다. 아버지와 어머니, 다르타냥의 눈에서는 뜨거운 눈물이 흘러내렸다.

삼총사

◆ 작품 소개

사나이들의 호쾌한 무용담을 그린 뒤마의 대표작

《삼총사》는 프랑스의 대문호 알렉상드르 뒤마의 문학적 특징이 고스란히 담겨 있는 작품으로 1844년에 발표되었다. 루이 13세 때를 배경으로 주인공 다르타냥과 삼총사가 프랑스와 영국을 오가며 벌이는 종횡무진 활약을 그려, 160년도 더 지난 오늘날까지 전 세계적으로 높은 인기를 누리고 있는 대중 역사 소설이다.

뒤마는 《철가면》과 《몬테크리스토 백작》 등의 명작도 발표했지만, 그중 《삼총사》가 호쾌하고 낭만적인 재담가 기질이 가장 잘 드러난 작품으로 꼽힌다. 루이 13세가 다스리던 17세기 프랑스는 영국과 사사건건 대립하고 있어 중상모략이 난무하던 시기였다. 이러한 혼란기에 왕비를 보호하기 위해 특별 임무를 수행하고, 곧이어 벌어진 전쟁에서도 뛰어난 활약을 보이는 총사들의 무용담이 《삼총사》의 기둥 줄거리이다.

《삼총사》는 실제 사건을 다루고 일부 등장인물도 실재해서 독자들에게 생생한 사실감을 안겨 준다. 그러나 추기경의 첩자로 나오는 밀라디가 버킹엄 공작을 암살하는 것 등은 흥미를 위해 작가가 끼워 넣은 사건이다. 이처럼 《삼총사》는 실제 역사에 작가의 상상력이 만들어 낸 허구가 어우러져 극적인 줄거리로 독자들을 매료시키고 있다.

◆ 줄거리

성질 급한 시골 청년 다르타냥은 총사가 되려고 고향 가스코뉴를 떠나 파리로 갔다. 그는 총사대 대장을 만나는 과정에서 유명한 삼총사 아토스, 포르토스, 아라미스와 결투를 하게 되었다. 약속한 장소에서 결투를 시작하려는 찰나, 강력한 권세로 프랑스를 쥐고 흔드는 추기경의 호위대와 부딪치게 되었다. 다르타냥은 수적으로 열세인 삼총사 편에 서서 호위대를 무찌르고, 그 일로 다르타냥과 삼총사는 의기투합하게 되었다.

한편, 전쟁이 일어나기를 원하지 않는 프랑스 왕비는 영국의 총리 대신을 만나 전쟁을 하지 말자며 밀약을 맺고, 그 표시로 다이아몬드가 열두 개 박힌 목걸이를 건네주었다. 권력을 노리는 추기경은 첩자를 시켜 다이아몬드 두 개를 빼돌리고, 축제 자리에서 다이아몬드를 내놓으며 왕비를 곤경에 빠뜨리려 하였다. 다르타냥과 삼총사는 온갖 위험을 무릅쓰고 영국으로 건너가 추기경의 음모를 분쇄하고, 그 일로 다르타냥은 정식 총사가 되었다.

프랑스와 영국 사이에 전쟁이 일어나자, 다르타냥과 삼총사는 전쟁터에서 눈부신 활약을 펼쳤다. 마침내 추기경도 다르타냥을 인정하고 그를 총사대 부대장으로 임명하기에 이르렀다. 다르타냥은 승진 휴가를 얻어 고향으로 달려가 부모님을 만났다.

◆ **등장인물 소개**

다르타냥_ 이 소설의 주인공으로 열여덟 살의 혈기 왕성한 젊은이이다. 가스코뉴 출신답게 성질이 급하고, 자존심이 세며, 끈기와 결단력이 있다. 뛰어난 검술 솜씨와 죽음을 두려워하지 않는 용기로 정식 총사를 거쳐 나중에는 총사대 부대장까지 된다.

아토스_ 근위대에 속한 총사로 삼총사의 맏형이다. 나이는 서른이 넘으며, 남자답고 호쾌한 성격에 술을 좋아한다. 소설 말미에 악독한 첩자 밀라디를 없애는 데 민첩함을 발휘한다.

포르토스_ 삼총사 중 한 명으로 당당한 풍채에 어울리지 않게 말이 많다. 술을 좋아하고 몸치장에 관심이 많지만, 추기경의 음모를 분쇄하고 적을 무찌르는 데는 누구보다도 용감하다.

아라미스_ 삼총사 중 한 명으로, 얼핏 보면 여자인지 남자인지 구분이 안 갈 정도로 뛰어난 미모를 자랑한다. 한때 난데없이 수도사가 되겠다고 하여 다르타냥을 어리둥절하게 만든다.

트레빌 총사대장_ 루이 13세가 왕자 시절부터 그를 총애하여 국왕의 호위대인 총사대 대장이 되었다. 다르타냥의 아버지와는 오랜 친구로, 다르타냥을 아버지처럼 자상하게 돌봐 준다.

리슐리외 추기경_ 프랑스의 실세로 왕을 견제하며 호시탐탐 권력을 독점할 기회를 노린다. 능수능란한 정치가답게 소설 후반에는 다르타냥마저 자기편으로 끌어들이는 능력자이다.

도트리슈 왕비_ 아름답고 자존심이 강한 루이 13세의 왕비로, 다르타냥과 삼총사의 활약 덕분에 추기경의 음모에서 벗어난다. 영국과의 전쟁을 피하기 위해 노력한다.

버킹엄 공작_ 영국의 총리대신으로 당시 영국에서 가장 부유하고 강한 권력을 가진 인물이다. 전쟁을 피하려고 애쓰다가 다이아몬드 목걸이 사건에 휘말려든다.

밀라디_ 추기경의 첩자로 과거가 아주 복잡한 여인이다. 악독한 술책으로 여러 사람의 목숨을 빼앗는데, 결국에는 자신도 사형 집행인의 손에 생을 마감한다.

◆ **들어가는 말**

친하게 지내거나 떼를 지어 몰려다니는 세 사람을 비유적으로
이를 때 흔히 '삼총사'라는 표현을 사용한다. "꾀돌이 삼총사"니
"말괄량이 삼총사"니 "미녀 삼총사"니 "카우 삼총사"니 그 예는
하나하나 손에 꼽을 수 없을 만큼 무척 많다. 십여 년 전에는 한
국 텔레비전에서 "삼총사"라는 정치드라마를 방영하기도 하였
다. '삼총사'란 본디 세 사람의 총잡이라는 뜻이지만 총과는 아
무 상관없이 세 사람의 단짝을 일컬을 때 사용하는 말이다. 이 표
현은 두말할 나위 없이 19세기 프랑스 소설가 알렉상드르 뒤마
(1802~1870)의 작품 《삼총사》((1844)에서 비롯한 말이다.

그런데 여기에서 한 가지 흥미로운 것은 뒤마의 《삼총사》에는 총
잡이가 한 사람도 등장하지 않는다는 점이다. 이 소설의 원래 제
목은 '세 사람의 무스크테르(Les Trois Mousquetaires)'이다. 여기
에서 '무스크테르'란 구식 보병총인 머스켓총을 다루는 사람, 즉

머스켓총의 사수라는 뜻이다. 무스크테르(머스켓)는 오늘날 소총(라이플)의 전신이다. 이러한 제목과는 달리 이 작품에 등장하는 인물들은 거의 대부분 긴 칼을 잡고 싸우며 작품 속에는 머스켓이 거의 등장하지 않는다. 뒤마는 이 작품을 집필할 무렵 프랑스의 신사들이 흔히 그러하였듯이 검술 학교에서 검술을 익히고 있었다. 그러므로 '세 총잡이'보다는 '세 칼잡이'라는 표현이 훨씬 더 잘 어울릴 것이다.

이 작품이 출간된 것은 19세기 중엽이지만 작품의 시간적 배경은 두 세기나 앞선 17세기 초엽으로 거슬러 올라간다. 이 무렵에는 아직 총이 널리 사용되고 있지 않았다. 뒤마의 시대에는 '무스크테르(머스켓)'라는 단어가 '병사'라는 의미로도 쓰였는데 이를 잘 모르는 일본 번역자가 잘못 번역한 것을 일제 강점기부터 지금까지 우리나라에서도 그대로 빌려다 사용해 오고 있다. '병사'라고 하거나 굳이 총이라는 말을 사용하고 싶으면 '총사(銃士)' 대신에 '총잡이'나 '총병(銃兵)'이라는 낱말을 사용하는 쪽이 더 적절할 것이다.

◆ **작품의 배경과 소재**

알렉상드르 뒤마는 《삼총사》의 서문 첫머리에서 암스테르담에서

출간된 《다르타냥 씨의 회고록》이라는 책에서 힌트를 얻었다고
밝힌다. 이 책에는 다르타냥이 파리로 총사대의 대장 트레빌을
방문하여 대기실에서 아토스, 포르토스, 아라미스라는 세 젊은
총사를 만나는 것으로 되어 있다. 이러한 언급에서 힌트를 얻은
뒤마는 상상력의 날개를 활짝 펼치고 《삼총사》라는 소설을 창작
하기에 이르렀다.

뒤마는 1844년 3월부터 7월까지 《세기》라는 일간신문에 《삼총
사》를 연재하였다. 이 작품은 총사가 되기 위해 파리로 온 가스코
뉴 출신의 하급 귀족 다르타냥이 총사 아토스, 아라미스, 포르토
스를 만나 함께 벌이는 온갖 모험을 그린다. 이 작품에는 17세기
프랑스와 영국을 배경으로, 당시 프랑스 국왕이었던 루이 13세
말고도 왕비 안 도트리슈, 리슐리외 추기경, 영국의 버킹엄 공작
등 실제 역사적 인물들이 등장한다. 그러니까 뒤마는 역사적 사
실과 상상력을 비롯한 허구를 서로 교묘하게 뒤섞어 놓았다. 실
제 역사에 바탕을 둔 역사소설인가 하면, 젊은이들의 모험과 로
맨스를 다룬 모험소설이기도 하다. 이 작품은 19세기 중엽 출간
당시는 말할 것도 없고 지금까지도 주로 청소년 독자를 중심으로
큰 인기를 끌어 왔다. 뒤마는 자신의 작품 중에서 이 《삼총사》를
최고의 역작으로 평가하였다. 그리고 비평가들이나 학자들도 작
가의 평가에 대체로 수긍한다.

《삼총사》처럼 그렇게 여러 매체로 다시 태어난 작품도 아마 찾아
보기 쉽지 않을 것 같다. 영화만 하여도 그동안 무려 20여 편이나
만들어졌다. 또한 영화 애니메이션과 텔레비전 애니메이션, 만화,
뮤지컬 등으로 다시 탄생하여 사랑을 받았다. 소설 《삼총사》는
최근에는 비디오 게임과 보드 게임으로도 만들어져 인기를 끌고
있다.

이 작품의 줄거리나 플롯을 이해하기 위해서는 무엇보다도 먼저
제목을 찬찬히 눈여겨보아야 한다. 삼총사 중 아라미스는 신앙심
이 돈독하여 수도사를 지망하는 젊은이이다. 포르토스는 허영심
이 많은 멋쟁이 청년으로 유행에 무척 민감하다. 나이가 제일 많
고 삼총사 중에서 가장 마지막으로 소개되는 아토스는 위엄이
있고 세 사람 중에서 가장 현실적인 인물이다. 아토스는 다르타
냥의 상징적 아버지 역할을 맡는다. 이렇게 제목은 '삼총사'로 되
어 있지만 실제로는 다르타냥이 고향을 떠나 파리에 가서 펼치는
모험담이 중심 플롯을 이룬다. 그런데도 다르타냥은 이 삼총사
에는 들어가지 않는다. 좀 더 엄밀히 말하자면 이 작품의 제목은
'삼총사'가 아니라 '사총사'가 되어야 한다. 물론 총사가 되려면 일
정한 경력이 필요한데 다르타냥은 그러한 경력이 없기 때문에 총
사가 될 수 없다. 그래서 그는 근위대원에 속하게 된다.

모험소설이 으레 그러하듯이 《삼총사》에서도 작중인물들은 이곳

에서 저곳에서 끊임없이 옮겨 다닌다. 오늘날처럼 교통이 발달한 것도 아닌데 그토록 자주 이곳저곳을 누비고 다니는 것이 여간 놀랍지 않다. 프랑스 왕실의 세력 다툼과 영국과의 전쟁을 배경으로 전개되는 이 작품은 캔버스가 클 수밖에 없다. 총사대의 화려한 제복을 입은 다르타냥을 비롯한 아토스, 포르토스, 아라미스 같은 주인공들은 총사대의 존경과 선망을 받고 있는 대장 트레빌의 지휘 아래 세기의 악당 리슐리외 추기경과 온갖 나쁜 짓을 일삼는 최고의 악녀 밀라디에 맞서 국왕 루이 13세와 천사보다 고귀한 안 도트리슈 왕비를 지키기 위하여 자신의 목숨을 초개와 같이 버린다.

◆ 작품의 중심 주제

뒤마는 《삼총사》에서 단순히 주인공들이 겪는 모험담만을 다루지 않는다. 모험을 소재로 한 작품이 흔히 그러하듯이 주인공이 온갖 모험을 겪으면서 얻는 삶의 교훈이나 지혜가 주제가 된다. 다시 말해서 뒤마는 다르타냥과 삼총사의 모험담을 빌려 독자들에게 용기, 의리, 유대 의식, 그리고 우정의 소중함 등을 새삼 일깨워준다. 가스코뉴 지방 출신답게 다르타냥은 무모하다 싶을 만큼 용감하다. 그는 불의를 보면 참지 못하는 정의의 사도라고 할

만하다. 이 무렵은 명예를 목숨처럼 존중하던 봉건주의의 중세가 물러가고 점차 이윤 추구를 최대 목표로 삼는 자본주의가 뿌리를 내리기 시작하던 시대였다. 그래서 주인공에게서는 때로 탐욕스럽고 이기적인 모습을 찾아 볼 수 있다. 그런데도 다른 작중인물들과 비교해 볼 때 다르타냥은 여전히 용기와 명예를 자못 소중하게 생각한다.

다르타냥과 삼총사는 아무리 어려운 시련이 닥쳐도 네 사람이 힘을 합치고 서로서로에게 충성하자고 맹세한다. 그러고 보니 이 표어는 나관중(羅貫中)의 《삼국지연의》에서 관우와 장비가 후한의 왕손 유비를 만나서 형제가 되기로 결의하는 도원결의(桃園結義)와 비슷한 데가 있다. 흥미롭게도 《삼총사》에 처음 언급된 이 표현은 뒷날 스위스의 국가적 모토가 되기도 하였다.

따지고 보면 이런 의리와 우정은 비단 총사들한테서만 엿볼 수 있는 것은 아니다. 리슐리외 추기경의 부하들 중에도 총사대 못지않게 의리와 명예와 우정을 중시하는 사람들이 적지 않다. 심지어 작품 첫머리에서 다르타냥은 리슐리외 추기경의 스파이인 로쉬폴 백작과 원수 사이가 되지만 소설이 끝날 무렵에는 모든 원한을 씻고 친구가 되기도 한다.

알렉상드르 뒤마는 프랑스 엔 주 빌레르 코트레에서 태어났다. 뒤마의 할아버지는 포병으로 아이티에서 근무하였다. 그곳에서 아프리카계 캐러비언 혼혈인인 마리 케세테 뒤마와 결혼하였고, 빌레르 코트레로 돌아와 뒤마의 아버지인 도마 알렉상드르 뒤마를 낳았다. 도마 알렉상드르 뒤마는 프랑스 대혁명 당시 나폴레옹 보나파르트 휘하의 장군으로 활약하였다.

알렉상드르 뒤마는 조상이 혼혈이라는 사실 때문에 정체성에서 적잖이 혼란을 겪었고 평생 직접 또는 간접으로 영향을 받았다. 1843년에 발표한 소설《조지》에서 한 작중인물의 입을 빌려 그는 "내 아버지는 물라토(혼혈)였고 내 조부는 깜둥이였소. 내 증조부는 원숭이였지. 알겠소, 선생? 우리 가족은 당신네가 끝나는 곳에서 시작하였소"라고 자조적으로 말한다.

알렉상드르 뒤마는 가정 형편이 어려워 정규 교육을 제대로 받을 수 없었다. 그러나 어려서부터 독서를 좋아하여 손에 잡히는 대로 책을 읽었다. 비교적 뒤늦게 안정적인 직업을 갖게 된 뒤마는 잡지에 극본을 기고하기 시작하였다. 1829년 그의 첫 번째 단행본으로 출간된 희곡《앙리 3세와 그의 궁정》이 성공하여 뒤마는 일약 대중적인 명성을 얻게 되었다. 같은 해 발표한《크리스틴》도 호평을 받았으며, 이듬해인 1830년 그의 고

용주였던 루이 필리프가 시민 왕으로 즉위한 후 뒤마는 《찰스 10세》를 출간하였다.

1830년대 중반 프랑스는 산업화를 겪으며 빠르게 변화하는 중이었다. 뒤마는 어느 작가보다도 이러한 시대의 변화를 민감하게 호흡하였다. 극작가로서 성공을 거두자 뒤마는 당시 빠르게 성장하던 언론 매체인 신문에 연재소설을 기고하기 시작하였다. 1938년에 발표한 그의 첫 소설 《자본가 폴》은 이미 발표한 같은 제목의 희곡을 소설로 각색한 것이다. 뒤마는 이후에도 같은 방식으로 수많은 자신의 희곡을 소설로 각색하여 발표하였다. 뒤마는 많은 작품을 출간하였고 그로 인한 수입도 컸다. 그러나 호화스런 생활과 여성 편력에 돈을 낭비한 탓에 빚더미에 몰려 파산하곤 하였다. 빚을 갚기 위하여 그는 무려 250여 편에 이르는 작품을 썼다.

알렉상드르 뒤마의 아들도 아버지처럼 소설가로 이름을 떨쳤다. 주세페 베르디의 오페라로 더욱 잘 알려진 《춘희》를 쓴 작가가 바로 그의 아들이다. 그런데 두 사람의 이름이 똑같아 혼란을 일으킨다. 이러한 혼동을 피하기 위하여 《삼총사》의 작가는 흔히 '뒤마 페르(아버지)'라고 부르고, 그의 아들은 '뒤마 피스(아들)'라고 부른다. 뒤마 페르와 뒤마 피스는 낭만주의 시대의 대중 소설가로 분방한 상상력과 교묘한 플롯으로 독자를 매료시켰다. 뒤마

페르의 작품 중에서 다르타냥을 주인공으로 하는 '다르타냥 3부작'이 가장 유명하다. 그중 첫 번째 작품이 《삼총사》이고, 그 후속 작품이 《20년 후》(1845)와 흔히 '철가면'으로 알려진 《브라질론 자작》(1848)이다. 이밖에도 《몬테크리스토 백작》과 《호두까기 인형》 등도 유명하다.